狼の末裔　囚われの花嫁

　呟いた彼は、それから流れるようにシオンの首にくちづけてくる。

「な、に……？」

　軽く首の付け根を噛まれて、シオンは目を瞠った。

狼《おおかみ》の末裔《まつえい》　囚《とら》われの花嫁《はなよめ》

和泉《いずみ》 桂《かつら》

ILLUSTRATION：金《かね》ひかる

狼の末裔　囚われの花嫁

LYNX ROMANCE

CONTENTS

狼の末裔
囚われの花嫁

1

生まれ故郷である島国――マディアにおいて、シオンが一番好きな季節は春。

寒い冬のあと、そこかしこに新芽をつけた木々が現れ始める。そのやわらかな緑がやがて葉になり、そして、白や薄紅色の大小の花が咲く。いつしか山は、さまざまな色の糸で織られた鮮やかな一枚の布のように見えるまでになるのだ。ほんの一日や二日で世界が一転するほどの変化には、目を奪われずにはいられない。

そんな楽園の如《ごと》き時期が、まさしく今だ。

花は咲き乱れ、鳥は歌う。

里山の麓《ふもと》には簡素な家々が建ち並び、昼餉《ひるげ》の支度《したく》か、かまどからは煙が立ち上っている。

穏やかな陽射《ひざ》しの中、ゆるやかな絹の衣を身につけたシオンは落ち着いた足取りで湖への道を歩む。

愛してやまないこの美しい景色を見られるのは、あとわずか。

十八になったシオンは、あと十日も経《た》たぬうちに、清めの儀式のため滞在していた小さな村を出立することが決まっていた。

マディアの国王が五穀豊穣《ほうじょう》を願って祈る神殿は村同様にひどく質素で、シオンはそこで女官や神官たちと暮らしている。ここに来る途中で立ち寄った、金儲《もう》けや農業のためといった、庶民の暮らしに関係のある実利的な御利益のある神殿のほうが遥《はる》かに豪華できらびやかだ。こうした神殿は役割も何もかもあまりに地味すぎて、受けないのかもしれなかった。

「シオン様！」

不意に声をかけられたシオンはそこで足を止める。

「おはよう、カイト、レナ。それにハルも」

「シオン様、遠くへ行ってしまうってほんと？」

かたちばかりの潔斎を目的に湖に向かう途中、村の子供たちに話しかけられ、シオンは「そうだよ」と首を縦に振って同意を示した。

「淋《さび》しい……」

「淋しいよ、シオン様」

とん、とあたたかな塊が腿《もも》のあたりにぶつかる。子供たちが抱きついてきたのだ。

粗末な身なりの子供たちに言い募られ、その熱気にシオンはたじろいだ。押されるように後退《あとずさ》り、懸命に縋《すが》る子供たちの必死さに胸が痛む。

「私も淋しいけれど、仕方ない」

「シオン様はどこに行くの？」

「どうして行くの？」

口々に問われ、シオンは一つ息をし、「見てごらん」と細い指で空を指さした。

「あのお空を海だと思って」

「海？」

「そう。そして、あの栗《くり》の木の先にある小さな雲が、私たちの暮らしているマディア。それから海を挟んだ左上にある大きな雲が、ラスィーヤだよ。ラスィーヤは知ってるね？」

「知ってる！　マディアの西にある、とっても大きくて強い国でしょう？」

活発なカイトが明るい声を上げた。

「みんな躰《からだ》がおっきくて、僕たちじゃ敵《かな》わないって」

「かもしれない。ラスィーヤとマディアを比べると、全然大きさが違うよね」

「うん」

「ラスィーヤの雲は、とても大きい。マディアに攻めてきたら、マディアなんて呑《の》み込まれちゃうと思わない？」

「ほんとだ……」

子供たちはぶるっと身を震わせ、深刻そうな顔になった。

「でも、マディアは『さこく』してるんでしょう？　外国が攻めてきたりしないよ」

「そうだね。だけど、鎖国したいっていうのは、マディアの都合だ。それを聞き入れてくれない国だっている。だから、それを助けてくれる国とは仲良くしたほうがいいんじゃないかな」

シオンは子供たちにもわかるように、なるべく噛《か》み砕いてこの国の状況を説明しようと試みた。

「お友達になるってこと？」

「そう。私はラスィーヤとお友達になるために、あの国へ行くんだよ」

「僕たち、外国には行けないのに？」

マディアは鎖国しており、表向きは外国との交流がないのは子供たちも知る常識だった。

しかし、実際にはごく一部の国との国交は続いている。

「シオン様は王子様なのよ。王子様は特別だもん」

「そっかあ……」

子供たちはそれなりに納得し、うんうんと頷《うなず》き合っている。

本来ならばラスィーヤに向かうことさえも秘密なのだが、この場合は仕方ないだろう。

「そうしたら、いつ帰ってくるの？」

「……お友達になるには時間がかかるから、まだわからないんだ。一月《ひとつき》かもしれないし、三年かもしれない」

シオンが長い銀色の髪を振ると、レナはしょんぼりと肩を落とした。

「そんなに先なの……？　もう一度、お歌、教えてもらえると思ったのに……」

「お勉強も！」

「髪の毛、もう編んでもらえないの?」

それぞれが別々の理由から落胆しているのを目にして、シオンは申し訳ない気持ちになった。

この辺境の村を少しでも楽しいものにしたい、都で得た知識を与えたいと子供たちと交流したのは失敗だったかもしれない。おかげで彼らに、本来なら知らなくてもいい喪失感を味わわせてしまうのだ。

シオンが初めて別れの淋しさを実感したのは、彼らくらいの年齢の時期だった。

あのときの喪失感を思い出すと、胸の奥にぽっかりと穴が開いたような気がしたものだ。

あんなにせつない思いを、子供たちにさせるなんて。

「この村に学校ができるよう、父君にはまた頼んでおくよ」

「うん」

目に涙を溜《た》めたまま、レナはこくりと頷いた。

「シオン様、ラスィーヤの人たちと早く仲良くなって、ここに戻ってきてね」

「お友達を増やすなんて、立派なお仕事だもの。シオン様はすごいね！」

「あたしは心配だな……とっても綺麗《きれい》だから、返してもらえなくなっちゃうんじゃない？」

「そんなことだったら、僕、文句言うよ！」

彼らは気持ちを切り替えたのか、わくわくした顔になっている。期待に満ちて煌《きら》めく目に、シオンは胸の痛みを覚えた。

子供たちの幻想を壊してはいけないけれど、自分の役割は決して自慢できたものではない。

それくらいは、よくわかっている。

シオンはこの肉体に生まれてしまったそのときから、穢《けが》れた烙印《らくいん》が押されているような存在なのだ。

「私はいつか、マディアに帰ってくる。だから心配しなくていい。それまで、皆が元気でいてくれるのが一番嬉《うれ》しいよ」

無論、それは方便にすぎなかったが、子供たちを苦しめるのはシオンの流儀ではない。

「うん！」

子供たちを慰めながらも、シオンは心中で苦笑する。

マディア王家に生まれ、王子としてそれなりの地位が約束されてきたはずのシオンであっても、選べない道がある。

それは、シオンが生まれながらに背負った性差のせいだった。

「おや、シオン様だよ」

「こんなところで子供と遊んで、ご苦労なこって」

通りすがりの農夫たちがちらりとシオンを見やり、どことなく蔑んだような顔つきですれ違う。

「出来損ないじゃ、王族の勤めも果たせないんだろうよ」

「首輪もしてないけど、オメガって噂《うわさ》は本当なのかねえ」

「しいっ、聞こえたらあのおっかない従者に殴られるよ」

聞こえよがしの悪口だったが、子供たちの耳に入れたくないとの配慮なのか、彼らはシオンから顔を背けて早足で通り過ぎる。

この世界には、男女としての性差だけではなく三つの区分がある。

これを『三性《さんせい》』という。

一つ目はアルファ――体格は立派で見目麗しく、優れた頭脳を持つ。その優秀さゆえにすべてに君臨し、指導者に多く見られる。男女ともに、女性とベータを孕《はら》ませる能力を有する。

二つ目がベータ――世の中でもありふれた存在で、悪くいえばごく平凡な種族だ。ベータ同士で男女のつがいとなるのが通例である。

三つ目がオメガ――最も数が少ないという意味では珍しいが、『いなくてよかった』という意味で語られる。一般的に判断力は乏しく、体格や頭脳はアルファやベータより劣るそうだ。男女の双方がアルファから孕まされるうえ、厄介なことに十代半ばになると周期的に発情期が訪れるようになる。発情している最中のオメガは性欲に取り憑《つ》かれ、欲望の虜《とりこ》になってしまう。おまけに、この時期にオメガは他者を誘引する『匂《にお》い』を発し、それで不特定多数の相手に影響を及ぼすのだとか。

オメガは特定のアルファと『つがい』になりさえすれば、誰彼かまわず誘うような匂いは出さなくなるものの、発情期がなくなるわけではない。それに、オメガのような劣った存在が、アルファから求愛されることなどあろうはずもない。

少なくとも、生真面目《きまじめ》な気質の国民が大半を占めるマディアでは、オメガはふしだらでだらしがない存在として嫌悪されていた。

もっとも、マディアにおいては、じつは『三性』の区分は死語に等しかった。学校でもさらっと触れるくらいで、ほとんどの民草には実感がないはずだ。

というのも、これらの性差はたいてい親から子に受け継がれる。たとえば、アルファはその生まれ持ったカリスマ性や統率力から、今や王族や貴族という支配階級に集中しており、アルファの庶民などというものはほとんど見かけない。逆に、被支配者層である領民たちは己の階層の中で結婚するので、大半がベータになる。

従って、支配者たちアルファに積極的にかかわろうとしない限り、庶民は彼らを仰ぎ見る程度の関係しかない。逆に、支配者たちの周囲はアルファで完結しており、普段かかわりを持つベータは使用人くらいのものだ。使用人は家具のような存在なので、あえて性差を意識することはない。

そのうえ、オメガはほとんど生まれない。いわば、突然変異のようなものだ。

だが、シオンは例外だ。

王族でありながら、オメガとして生を受けてしまったのだ。

ちなみにオメガは『蝕《しょく》』の夜に生まれると言われ、シオンが誕生した夜も月蝕《げっしょく》だった。オメガが生まれるから蝕になるのか、蝕になるからオメガが生まれるのか、その因果関係は定かではない。だが、ごく希《まれ》に、マディアの王族にはオメガが出ることがあるのだという。

それを恥じた父はシオンがオメガだという事実を民には隠していたが、兄弟や周囲のものたちには自然と伝わってしまう。おかげでシオンはオメガだからとあからさまに白い目で見られ、兄弟たちからは無視同然の扱いを受けてきた。

そうでなくとも、オメガにはすべて知性がないかのように扱われるのは悲しかった。今の農夫たちのように、彼らはシオンの本質を知らずに嫌ってくるのだ。

「シオン様？」

「あ……あ、ごめんね。これから禊《みそ》ぎなんだ」

「そっか！　ごめんなさい、シオン様、呼び止めてしまって」

険しい顔をしたせいで自分たちが悪いと誤解してしまったらしい。

「私、毎日神様に祈るね。シオン様が早く戻ってきますようにって」

「ラスィーヤにも、マディアと同じ神様がいるの？」

「うん。ラスィーヤにも神様がいるよ」

とはいえ、ラスィーヤとマディアでは同じ神を信仰しているわけではないので、彼らの祈りが届くかはそれこそ、神のみぞ知ることだった。

「よかった！　さよなら、シオン様」

漸《ようや》く元気を取り戻した子供たちとそこで別れ、シオンはそのまま湖へと向かった。

湖はこの時間帯は訪れる者もほとんどおらず、しんと静まり返っている。

長い銀髪を頭上で括《くく》り、上衣《うわぎ》を脱いで手拭いと一緒に手近な枝にかけると、禊《みそ》ぎのための白い衣を身に纏《まと》ってから、未《いま》だに冷たい水に足を着ける。そして、神聖な水に躰を浸していった。

湖上を一陣の風が吹き抜けるのを感じ、揺らぐ水鏡に映った自分の顔をじっと見つめる。

綺麗と表されるのは不本意だったが、おそらくそういうものなのだろう。陽射しに透けるような銀色の髪。灰褐色の瞳。それから白い膚《はだ》。銀色の睫毛《まつげ》に覆われた目はつぶらで大きかったが、どこか異界の人間じみていると、自分でも思う。その証拠に、マディアにこんな色味をした人物はいなかった。

それがオメガとしての証《あかし》だと、兄弟たちは口さがなく言ったものだ。

髪の色や目の色が、オメガであることとどう関係あるかなんてわからないくせに。

だめだ——これで最後なのだから、気持ちを静めなくては。

目を閉じて、ただ、願う。

この国の先行きが明るく、民がいつまでも幸福でありますように——と。

それでも心は右に左にと揺れ、自分のいたらなさにため息をつきつつ陸に上がった。

シオンが濡《ぬ》れた衣を脱いで乾いたものに袖を通したところで、木陰から「シオン様」と遠慮がちに話しかけられた。

「御前に出てもよろしいですか？」

「うん」

がさがさと茂みが音を立て、次の瞬間、体格のいい男がぬっと姿を現す。

従士のクマルだった。

同じ男なのに、クマルとシオンではまったくといっていいほど体つきが違う。クマルは見るからに筋肉質で、試しに叩《たた》かせてもらってもこちらの手が痛くなるような、そんな頑丈な肉体を持った頼もしい人物だ。

「……どうしたの？」

戻ればすぐに顔を見られるのに、わざわざクマルが自分を神殿の外に探しに来るとは珍しい。

火急の用事だったのだろうか。

「ラスィーヤ行きの段取りに関して、お話が」

「何か？」

雪と氷に閉ざされている北の大国、ラスィーヤ。

誰もがその名を聞く大国で、一節によると、世界の陸地の三分の一は彼《か》の国のものなのだとか。

ラスィーヤの民は厳《いか》つく体型はがっしりとしており、粘り強く戦闘に長《た》けているそうだ。そしてその性質を生かし、彼らは同胞の血の上に大陸の大半を占める広大な帝国を築き上げた。

特に騎士たちは非情なまでの決断力と戦闘能力を有するとされ、武力で領土の拡大を目指している。

ラスィーヤの新しい皇帝の名はキリルで、早くも『金狼帝《きんろうてい》』ともあだ名され、苛烈な性格で知られている。

キリルは二年前に前の皇帝の補佐役に就くと、周辺の小国に次々と戦争を仕掛けて短期決戦で勝利し、属国を増やしていった。そのため、シオンの父王などは次はマディアが狙われるのではないかと戦々恐々している。無論、マディアは島国なので海という自然の砦《とりで》がラスィーヤ軍を阻んでいるものの、ラスィーヤは近年は海軍の強化に乗り出しているそうだ。船の性能は上がっているし、マディアもいつまでも安穏としていられるわけがない。

キリルの年齢はシオンの長兄であるレンとさして変わらぬ二十五、六のようだが、人となりはそういった噂でしか耳に入らない。せめて肖像画の一枚でも贈ってくれれば覚悟もできようが、そうした配慮もなく、シオンは相手の顔さえ知らなかった。

とはいえ、こちらからも「期待外れだと言われてしまうのは困る」との意向から、散々もとめられても肖像画を贈っていないので、それは痛み分けかもしれない。

「移動手段のことです」

「移動って、ラスィーヤまでの？　それはみんなに任せているもの、私は何も心配していないよ」

そうでなくとも思うところのあるラスィーヤ行きのことをまざまざと思い出す羽目になり、あからさまに表情を曇らせるシオンに対して、クマルは無表情のまま口を開いた。

「それが、大きく移動手段が変わりますので」

「どういう意味？」

「本来ならば空路を取るのが通例らしいのですが、今年は雲行きが怪しいとの報告です。御身《おんみ》に何かあっては大変な事態になりますし、海路で行くべきではないかという提案がございます」

「え……『空船《そらふね》』には乗れないっていうの？」

「はい」

空船はこの世界における『失われた技術』の一つである。

当然のことながら人は空を飛べないし、飛べるのは鳥や昆虫くらいのものだ。翼をつけて空を飛ぶ実験をした者が、これまでに何人も命を落としていると聞く。

なぜ船が空を飛べるのかという原理は誰にもわからないが、空を飛ぶ技術そのものはこの世界に存在している。そして、意外にも空船の技術は、現段階ではマディア独自のものだと言われていた。

もっとも、船が空を飛ぶためには燃料として莫大《ばくだい》な魔力が必要となる。けれども、人間の発する魔力では補いきれないため、そのぶんを、長い年月を経て自然からのエネルギーを蓄積してきた魔石を使って補助するのだ。遠い昔は幻獣《げんじゅう》の脂を使ったそうだが、今ではそうした獣は絶滅したとされ、もっぱら魔石を必要としていた。

正直にいえば、シオンをラスィーヤに運ぶためだけに空船を飛ばすのは、財政的にも無駄としか思えなかった。だが、贈りものの価値を上げるためには、そういう大仰さがあってもいいと思っていた。

「そう……それは残念」

シオンはぽつりと呟《つぶや》いた。それを耳にして、クマルも落胆を隠さなかった。

「我らがシオン様を、国賓として遇していただくためには、空船が最も華やかな乗り物だったのですが……無念です」

「おまえは優しいな」

「えっ⁉」

予期せぬ指摘とでも言いたげに、クマルの声が上擦った。

「私は、ただ……せめて、もっと華々しい門出にしたいと思っただけです。お見送りもなければ、儀式もない……これではまるで……」

クマルは悔しげに声を詰まらせた。

「私はオメガだもの。皆で送り出せといっても、人目に触れさせるのも嫌なのだろう」

「ですが、シオン様はお美しいだけでなく、武芸に秀で、私のようなむくつけき武人にはわかりませんが、学問の造詣も深いと師父も絶讃《ぜっさん》しております。なのにそれらを一つも認めてくださらず、こうしてもののようにラスィーヤに送られるとは……」

「私にはもったいない褒め言葉だ」

シオンはくすりと笑った。

こういう人がそばにいてくれるから、怖くはない。

もちろん、恐怖が皆無なわけではないし、不安だって大きい。

しかし、新しいことを始める以上は、どこかで心配ごとがあるのは無理ない話だった。

「確かにマディアとラスィーヤでは国力に差があるし、最初から軽んじられるのは悔しいけど……うちは貧乏なんだから仕方がないよ」

「……ええ」

納得はしていないだろうが、クマルはあえて反論はしなかった。

「せめて船酔いはしないほうがいいね。空元気でもいいから、立派に見られたいもの」

「マディアまでは二月《ふたつき》はかかります。いずれ船にも慣れて、着く頃には船酔いもしなくなっているでしょう」

「そうだね」

シオンが微笑《ほほえ》むと、クマルは気を取り直したように頷く。

「抑制剤が船酔いにも効くと楽なんだけど」

「その件ですが、首輪をなさるべきではないでしょうか」

クマルの忠告はもっともだったが、聞き入れるわけにはいかなかった。

「それでは、私がオメガだと宣伝するようなものだ。それに、いくら何でも船乗りにアルファはいないだろう?」

「……はい。船員の身許《みもと》は徹底的に調査しております」

「だったら、かえって心配はない」

アルファはオメガの首の付け根を強く嚙《か》み、嚙み痕をつけることでつがいとなる。そのため、つがいがいないオメガは不用意に首を嚙まれないよう、首輪をしておくのが通例だ。

「ラスィーヤまで二月か……長い旅になりそうだね」

「はい」

海を隔てて隣り合うラスィーヤとマディアは、かたちのうえでの同盟国にあたるが、本質は絶対的な朝貢関係だった。

千年も昔にラスィーヤは強大な武力を示してマディアに恭順を要求し、マディアはそれに従わざるを得なかったと聞く。ラスィーヤからしてみれば、マディアを滅ぼすのは大して難しいことではない。しかし、気質が違いすぎる国民を力のみで統治するのは厄介だと考えたのだろう。支配はあくまで王族にさせて、従属関係だけを残した。

それを端的に表すのが、皇帝が代替わりするたびに王族を愛妾《あいしょう》として献上するという儀式だった。本来ならば、ラスィーヤに贈呈されるのは姫と決まっている。どうせラスィーヤにまで出向くのなら、和平の証として子をなしてくれるほうが関係の保持に役立つはずだ。

けれども、今のマディアの王室にはあいにく姫君はシオンの姉一人で、美貌《びぼう》と頭脳が素晴らしく、誰もが彼女を惜しんだのだろう。父は代わりとして、オメガであるシオンを選んだ。

おかげでシオンは十の時分から、皇帝陛下が代替わりしたときにはラスィーヤに送られるのだと言い聞かせられてきた。向こうで困らぬようにラスィーヤの言葉を覚え、歴史を習った。そのうえ、常に躰を清らかに保つよう命じられ、こうして神子《みこ》でもないのに神子の真似《まね》ごとをするべく神殿に遣わされた。

己の命運を、特に嘆くつもりはない。

オメガに生まれたことを、誰にも変えられないからだ。

それにしても驚いたのは、ラスィーヤの皇帝陛下――キリルの意外な嗜好《しこう》だ。

一応は側室の性別について確認したところ、ラスィーヤの皇帝は自ら、男性であってもいいからオメガを寄越すべしと希望してきたのだという。

これでキリルに嫌だと言われたらマディア王室側は立つ瀬がないし、シオンはもう一つ、役立たずの烙印を押されていたに違いない。だからこそ、物好きな皇帝陛下には感謝しなくてはならなかった。

ともあれ、キリルは先代の死により急に帝位に就いたので、まだ正式な即位式は行っていない。シオンは式典に間に合うように、ラスィーヤに向かうのだ。

「残念ではあるけれど、決まった以上は仕方がないもの。のんびり行くのも悪くはない」

クマルは善良な男で、忠義に厚く好ましい人物だと思っている。だが、なにぶん、ずっと近くにいて自分を見守っていただけに、自分に対する思い入れが過剰だと感じることがあった。

「ラスィーヤの王都《おうと》にある大学図書館には、世界中の国の文物が揃《そろ》っていると聞く。きっと楽しいはずだもの」

ただ憂鬱《ゆううつ》なだけではなく、シオンはシオンなりにラスィーヤに出向く意義を見出《みいだ》しかけている。

あとは、皇帝陛下がシオンの図書館通いを許してくれるような寛大な人物であることを祈るばかりだ。後宮に侍《はべ》るべき側室が、図書館になんて行けるとは思えないのだが、希望を抱くのは悪くはないはずだ。

「俺は書物に興味はありませんが……諸国の文物を蒐集《しゅうしゅう》し、あらゆる知恵を継承することは、大国としての義務で、それを守っていると聞いております」

「うん、その点は尊敬できる。脳みそまで筋肉でできた皇帝陛下では、話し相手にもなれないもの」

シオンは息を吐き出し、訝《いぶか》しげな顔になったクマルに視線を向けた。

「どうしたの？」

「シオン様はラスィーヤ行きを楽しみにしておいでなのですか？」

「楽しみということはないけれど、この世界にあるのはマディアだけじゃない。広い世界が見られると思うと……そうだね、そう考えると、少しだけ楽しみかもしれないな」

話しながら考えを整理し、シオンは自分の発言を訂正する。

「海路になるなら、荷造りはやり直しだね。持っていく本を濡れないように油紙に包まなくては」

万が一を考慮し、防水はしておいたほうが無難だろう。それから、潮風は武具には毒だ。愛用の刀が錆《さ》びては困るし、こちらも対策が必要だ。

「これからお手伝いいたします」

生真面目な顔でクマルが頷いた。

クマルは貴族ではあるものの、彼もシオン同様にアルファではない。一番人口が多いベータだった。名門貴族の家に生まれた平凡な存在。それが彼を苦しめているのか、クマルはいつも苦々しい顔をしていた。クマルがシオンを差別しないで主人として扱ってくれるのは、彼が生まれながらに備わる性による差別の無意味さを知っているからだろう。

「それから、皇帝陛下からは贈りものが届いています」

「また？」

高そうな衣服や宝石のたぐいを贈らせるのはいいが、それならばやはり肖像画が欲しい。あるいはラスィーヤの言葉を学習できる本とか。

「はい。それを身につけていかれたほうがよいでしょう」

「うん……」

皇帝陛下が選んだわけではないだろうが、とりあえず、その言葉には賛成だ。

「私はこうしたことはよくわかりませんが、いつもシオン様にお似合いの衣をお選びになる。そば仕えが相当目利きのものなのでしょうね」

「泣く子も黙るラスィーヤの皇帝だもの。きっと、側室が着るものにもこだわりがあるんじゃないかな」

金狼帝なんて別名がつくくらいだし、おそらく、狼《おおかみ》のように冷酷で怖い人なのだろう。

「同じ狼でも、あっちとは大違いか……」

できれば、自分にはあまり関心を示さないでいてくれたほうが有り難い。

ラスィーヤの国民性は厳しいと聞くし、仲良くできる自信はなかった。

でも、かつてマディアの宮殿で出会った、ラスィーヤからやって来た少年はすごく優しかった。

彼が教えてくれたのだ。狭い世界に閉じ籠もる必要はない。望みさえすれば、いつか広い世界を見られる。誰もが自由に生きられる場所が、どこかにあるのだと。だから、この世界で生きるのを諦めてはいけない。

幼い頃に、そんな小さな可能性の灯《あか》りを、シオンの小さな胸に点《とも》してくれた人。

思い出した途端に、甘酸っぱい感傷が胸を満たす。

そう、今でも覚えている。

あの人のことを思い返すと、知らずに胸の奥がじんわりと熱くなるのだ。

2

「シオン様。シオン様、どちらにおわしますか？」

慌てふためいて自分を探し回る女官の声など聞かないふりをして、シオンはするりと木製の階段を駆け下りる。階段が軋《きし》んで音を立てないかと心配だったが、それは杞憂《きゆう》だった。シオンは身軽なので、いつもなら嫌な音を立てる階段も、こうやって軽やかに駆け下りれば問題はない。

王宮は広くわかりづらかったが、どこもかしこもシオンにとっては庭のようなものだ。

王都の建物は大半が木造建築で、この王宮も数百年と生きた巨木を使って建造された。建物は基本的に平屋か二階建てで、王宮は天井を高くするために多くが平屋となっている。

「シオン様！」

「もう、うるさいなあ……」

完璧に女官を撒《ま》いたつもりだったけれど、まだ探しているらしい。

「どちらへ行かれたのかしら？」

「まったく、本ばかり読んで大人びていらっしゃるのに、こういうときはやんちゃなのだから……」

洗濯物の中に潜り込んだシオンは、困ったように言い合う声をやり過ごす。それから、窓から庭に出ると、敷地を一目散に駆け抜けて、今度は迎賓館《げいひんかん》の裏口から入り込んだ。

とはいえ、女官たちもこの迎賓館にまでは押しかけてこないだろう。彼女たちは、基本的に人前に出ることを禁じられているからだ。

そもそもシオンはオメガなので、なるべく他者との交流を絶つように命じられている。

特に、思春期を過ぎると発情期になるオメガも多いため、アルファである兄弟とは引き離されて育っていた。幼いシオンはまだまだ発情期は来ないはずだけれど、予防策は必要なのだろう。

ともあれ、シオンは生まれたときからずっとこの王宮で暮らしていた。そのため、兄弟たちよりも細かなところまで、王宮については知り尽くしている。

こうして女官たちの目をくぐり抜け、他国の遣いたちが来ている現場を秘密裏に覗《のぞ》き見するのもわけない話だった。

迎賓館は王宮の一角に建てられた比較的新しい建造物で、特産の漆を使ってあちこちに金蒔絵《まきえ》が施されている。賓客を招くにふさわしく豪奢《ごうしゃ》で、手先が器用なマディアの民による技術の粋が凝らされていた。

今日は楽団たちが演奏するための中二階の空間に隠れ、シオンは彼らの晩餐《ばんさん》風景をこっそり窺《うかが》っていた。

国賓を迎えるにあたり、身分の低い楽士たちが客を見下ろすのは失礼だという理屈から、彼らは広間の片隅で演奏をしている。

その中で、立派な民族衣装に身を包んだ少年が目についた。

――あんな若い子も、来るんだ……。

若い子、といっても年齢は十に満たないシオンよりは上だろう。しかし、年の頃はおそらく十五歳くらいのはずだ。彼はシオンよりもずっと大人びて、兄たちのように男らしい面差しだった。

どこか不自然なくらいに黒く艶《つや》やかな髪は、きっとラスィーヤでは珍しいに違いない。

背筋を伸ばして上背があるようだし、既に体つきは頑丈になっているようだ。

「そうでしたか、さぞやそれは長旅だったでしょう」

使節の中でも序列はかなり上のようで明らかに上座に腰を下ろしているし、驚いたことに父たちもへりくだって接している。

「時化《しけ》には驚きましたが、これもまた経験です」

少年のものとは思えぬ、凛《りん》としたしっかりとした声が鼓膜を擽《くすぐ》る。おまけに、マディア語の発音がとても上手だった。

「さすがですな。これはラスィーヤの将来は明るいでしょうなあ」

父の目に見えたお追従に、二人の会話に聞き入っていた一同はどっと沸いた。

馬鹿みたいだ。

阿《おもね》るような父の言葉に、シオンはがっかりしてしまう。

マディアの王ならば泰然としていてほしかったのに、相手がラスィーヤの国王ならばまだしも、あんな子供を持ち上げなくたっていいではないか。

それは確かに、自分には彼のような堂々とした受け答えはできない。一国の王が相手であれば、怯《ひる》んでしまうのが普通だ。

そんな晩餐《ばんさん》の様子をファサードの隙間からじっと眺めていると、突然、その少年がこちらに顔を向けた。

「えっ」

目が合った。

勘違いかと思ったけれど、びっくりしたように少年は強張《こわば》ったから、そうではないはずだ。

じいっと睨みつけるような強い目でこちらを見てから、彼は視線を逸《そ》らした。

――驚いた……。

まずいとわかっていながらも、目を逸らせない。

おまけに彼もシオンが気にかかるらしく、ちらちらとこちらに目線を向けてくる。

それはそうだろう。

王宮での晩餐会で、こんな風に覗き見されるなんて夢にも思わないに違いない。

向こうもシオンに興味を持っているのだろうか。

これまでの使者に比べれば、あの少年は格段に年齢が近い。もしかしたら、彼は異国の地で気安く語らえる話し相手が欲しいのかもしれない。

もちろん、それは虫のいい考えだったけれど、このような素晴らしい機会は二度とないはずだ。勇気を出して、彼に話しかけてみるべきだった。

「今宵《こよい》は舞踏会はどうなさいますか？」

「私は少々疲れたので、早めに休ませていただければと存じます」

そんな話し声が聞こえてくる。

この晩餐会で彼はいろいろとラスィーヤの話をしていたけれど、もっと突っ込んだ話を聞きたい。どんな暮らしをして、どんなものを食べて、たとえば夜はどうやって眠るのかとか。

前にやって来た使節は、自分の国では人々は革を縫い合わせたテントに住んでいて、家族は皆、そこで輪になって眠るのだと言っていた。個を大事にするこの国ではそんな光景が想像もつかなくて、考えるだけでも楽しくなった。

どうにかしてあの少年と話したいと思ったが、その手段はなかなか思いつかなかった。

オメガとして生まれ、ずっと軟禁同然の扱いをされていたシオンにとって、時折外国から来る使節団は、未知の事柄を教えてくれる貴重な人たちだった。無論、子供であるがゆえに直接かかわることはできないものの、彼らを見たり、その話を盗み聞きしたりすることは、シオンにとっては外の風を感じる唯一の手段ともいえた。

そもそもシオンは、特に城内で誰かとかかわることを極端に禁じられている。

まだ一度も発情期が来ていないからいいではないかと思うのだが、シオンには将来的に大事な役割があるから、清らかでなくてはならぬのだと父は言う。

そうなのだろうか。

もし本当に自分に大事な役割があるのならば、そのときに困らないようにもっといろいろなことを教えてくれたっていいはずだ。

なのに、シオンはこうしていつも城の中に閉じ込められて、時折空を眺めるばかりなのだ。

窓の外にある空は無限の広さを見せてくれる。

シオンにとって、見知らぬ世界の存在を教えてくれた。

きっとこの世界は、シオンが思うよりもずっと広いはずだ。たくさんの人たちがいて、それぞれに違うことを考えている。違う生活がある。

でも、それはシオンには決して見ることができないものなのだ。

いつしか宴が終わりそうな頃合いだったので、シオンはこっそりと広間から脱出し、再び庭を駆け抜けて自室に戻った。

「まあ、シオン様！　どちらにおわしたのですか？」

「庭をぶらぶらしていたんだ。おやすみ」

女官に何食わぬ顔で挨拶をすると、湯浴《ゆあ》みを済ませてから寝台に潜り込む。

「寝なきゃ……」

とりあえずは目を閉じてみたけれど、やはり、眠気が訪れるまでまだ時間はありそうだ。

さっきの少年のあの瞳、本当は何色なんだろう？

そんなことを考えているうちに昂奮《こうふん》のせいで眠れなくなったシオンは寝台をするりと抜け出し、室内履きを引っかけただけでそろそろと歩きだした。

幼いシオンにはいまひとつぴんとこない『余白の美』とやらを重んじるマディアの文化では、庭園に樹木を密に栽培《さいばい》する習慣はない。それでもそこかしこに他国から贈られた樹木が植えられ、ぎりぎりのところで均衡を保っている。

こういう夜の空気は、好きだ。

あの少年に会えると嬉しいけれど、会えなかったとしても、それでもいい。

だって、こっそり忍び出て夜の庭園を歩き、何もかもが眠りに就いたような神秘的な光景を眺めるのが好きだ。

それに、今日は何か胸騒ぎがする。

甘い花の香りみたいなものが、外から絶え間なく漂っていて。

「何だろう……」

こんな香りが強い花、庭園に咲いていていただろうか？

それに引き寄せられるように歩きだすと、匂いは次第に濃くなってくる。

……あ。

月桂樹《げっけいじゅ》の下であの少年がひっそりと立っていた。

いけない。

鉢合わせになってしまう。

咄嗟《とっさ》にシオンは踵《きびす》を返そうと躰を捻りかけた。

けれども、彼からあの匂いがしてくるような気がして、つい足を止めてしまう。

すごく、いい匂い……。

躰の奥から蜂蜜《はちみつ》か何かのようにとろっと蕩《とろ》けてしまいそうな、うずうずするような、それでいて安心できるような。

ため息をついたところでここから抜け出さなくてはいけないことを思い出し、名残惜しくも歩きだそうとする。

「待って」

「！」

まさか例の少年使節に自身の存在が気づかれていると思わず、シオンはどきりとする。

「君を待っていた」

「僕を？」

「そうだ。少し話せないか？」

じつに流暢《りゅうちょう》なマディア語だった。

「どうして、ここにいたの？」

「わからないけれど、君に会える予感がした」

君、という二人称が新鮮で、シオンはもじもじとしながら少年に近づいていった。

「君……とてもいい匂いがするね」

「僕が？　いい匂いがするのは、そっちだよ」

「え、そうかな？」

彼は戸惑ったように自分の匂いを嗅《か》ぐ。その仕種《しぐさ》が何だか可愛《かわい》らしくて、シオンはくすりと笑った。

「さっきは、どうしてあんなところから見ていたの？」

少年の問いかけにどきっとして、シオンは咄嗟に首を横に振った。

「……知らない」

「知らないって？」

「見てなんか、いないもの」

咎《とが》められるのが怖くてシオンがそう言うと、彼は小さく笑った。

「だって、君が見えたよ」

「どこから？」

「あの隙間から」

「……嘘《うそ》！　見えるわけないよ！」

焦りのために声が上擦ってしまう。

「じゃあ、あそこにいたんだね」

「う……」

覗き見なんて浅ましい真似をしてしまったのが、彼にばれてしまったのだ。

焦燥と羞恥《しゅうち》から、シオンの耳は燃えるように熱くなってきた。

「ああ、怒っているわけじゃない。私の母の一族は狼の血を引いていて、人一倍目はいいんだ」

「皆に、言う？」

どきどきしながらシオンが尋ねると、彼はおかしそうに唇を綻ばせた。

「言いつけたりしないよ。私にだって、人には言えないような秘密があるからね」

「そうなの？」

こんな立派な物言いをする人に、そんな秘密があるなんて思えないけれど。

「ともかく、とても綺麗な子がこちらを見ていると思っていたんだ。こうして間近で目にすると、想像以上だ」

「………」

すっかり驚いてしまって、シオンは声もなく頰《ほお》を染める。

綺麗なんて。

そこまでご大層な形容詞を使われたのは、生まれて初めてだった。

「月の光でできたみたいに、繊細で美しい」

「ええと……あの、ラスィーヤの人なのに、どうしてマディアの言葉がわかるの？」

彼のほうがよほど立派なのに。

そんな相手に自分の容姿を褒められたことに狼狽《うろた》え、シオンは何となく話題を逸らしてしまう。

「なぜって、ほかの国にやって来る以上は学ぶのは当然だ。言葉がなければ、人と人は理解し合えない。特にマディアは我が国にとって大切な同盟国だ。言語を学んでおいて損はない」

「理解……」

静かだが理知的な発言に、シオンは思わず笑みを作った。

そんなことを言う人は、これまでに一人としていなかったからだ。

彼の目は鮮やかな翠《みどり》。まるで宝物庫にある翡翠《ひすい》の飾り物みたいに澄んでいる。

おまけにただそこに存在するだけで、妙な威厳というか迫力があった。

「あなたの名前は？」

「え…っと、レイス」

どこか躊躇《ためら》いがちな声だった。

「レイス……」

苗字《みょうじ》はないのだろうか。それともレイスというのが苗字なのだろうか？

「そういえば、自己紹介もしていなかったね。君の名前を聞いてもいいだろうか」

「シオンです」

レイスに倣い、シオンもまた名前だけを名乗った。

「そうなんだ。……やっぱりすごく綺麗だ」

「うん。この名前は結構気に入ってる。花の名前なんだ」

「名前のことじゃないよ」

レイスが笑うと白い歯が零《こぼ》れ、それにシオンは一瞬見惚《みほ》れた。

「え？」

「君の顔が綺麗だって言ったんだ。さっきも話しただろう？　もちろん、その名前も素敵だけど」

「えっと……そう……ありがとう」

「おまけに、すごく……」

「ん？」

真顔になった彼の顔がいきなり近づいてきて、シオンは目を見開いた。

「あの……」

「しっ」

黙ってというような手つきをされ、シオンがそれに従う。

唇が触れた。

それは一瞬で離れていったけれど、思いがけない仕打ちにシオンは目を瞠《みは》った。

「今の……なに……？」

これって大人がする接吻《せっぷん》というものだろうか？

「やっぱり、甘い。それに君はとてもいい匂いがする」

何を言っているのか、正直、意味が不明だ。

自分にはくちづけの味なんてしなかったし、何ごとかわからなかったからだった。

「ラスィーヤの人は、みんな、こういうことをするの？」

「え？　ああ、すまない。初対面の人に対してとても不躾《ぶしつけ》な行為をしてしまった。嫌な気持ちにさせてしまっただろう？」

レイスは素直に頭を下げ、心底申し訳なさそうな態度になる。

「そんなことは、ないです」

少し考えてから、シオンは首を横に振った。

「驚いたけれど、嫌じゃなかった」

「そうか……」

ほっとした面持ちでレイスが笑ったので、シオンはまるで我がことのように嬉しくなった。

そんなわけで、シオンは滞在中のレイスとこうしてこっそり会うのが日課になった。

とはいっても、昼間のレイスは公務でさまざまな場所に招かれているため、シオンが彼に会えるのはもっぱら夜だった。

レイスは夜の庭園を好み、マディアの様式で造られた庭にいたく感心したようだ。

「いつか望みどおりに庭を設計する機会があれば、そこに池を作りたいな」

「池？」

マディアにおいては、池を作ることはそう珍しいものではない。

「池と小川だ。工事は大変だろうが、マディアの野山のようできっと美しいはずだ」

レイスは公務としてマディアの田舎まで見て回ったようで、山や野原の美しさに心を打たれたのだとか。

「ラスィーヤの庭はどんな感じなの？」

北の国で雪が降るとしか知らないので、もっともっとラスィーヤの話を聞きたかった。

「どうと言われても……今は庭木を刈り込むことが流行《はや》っている。とはいっても、雪が降れば全部隠れてしまうから、それが試せるのは夏くらいだ。それでも、刈り込んだ木のかたちに雪が積もるから、それが彫像のようで趣がある」

「ふうん……ラスィーヤって、面白いところなんだね」

レイスから聞かされるラスィーヤという国は、マディアとまったく違う文化を持ち、とても面白そうなところだった。

「面白い、か。怖くはないのか？」

「怖いって、どうして？」

シオンはきょとんとする。

「マディアの人たちは皆、ラスィーヤの力を恐れていると感じる。私たちは野蛮で、好戦的と思われているようだ」

「僕は子供だから、わからないけど。でも、よく知らない人のことを怖がったりできないよ。それに、レイスはとても優しいもの」

「私が優しい……か」

レイスは困ったような顔になり、顎に手を当てた。

「もしかしたら、優しくないの？」

「どうだろう。優しいと言われるのは初めてだ。それに、我が国においては優しさは美徳ではない」

そこで彼は表情を引き締め、右手で傍らの木をとんと叩いた。

「そうなんですか？」

「ああ。私から見れば、君こそ慎み深く優しい人だ。とても幼いのに、私とこうして語り合えるほどに聡明《そうめい》だ。だからこそ、ラスィーヤでは生き抜けないだろうな」

「僕は優しいわけじゃないよ。弱虫だって、兄様にも姉様にも言われるもの」

滅多《めった》に会わない二人にそう言われるのだから、実際、シオンはか弱くてつまらない人間なのだろう。

「ただの弱虫じゃ、王族は務まらないはずだよ」

レイスが静かにそう告げたので、シオンは目を見開いた。

「え？　知っていたの？」

シオンが王族だというのは、レイスには一度も伝えたことはなかったからだ。

「それはね。だって、王宮に住んでいるのは王族じゃないか」

彼は悪戯《いたずら》っぽく笑った。

「僕には、王族の資格なんてない……弱虫でちっぽけで、役立たずだもの」

それはシオンが、オメガに生まれてしまったから。

「君はそのままで十分綺麗だよ」

「このままじゃ嫌だ。剣術も勉学も一人前になるんだ。そうしたら、きっと、僕にもできることがあるもの」

勢いのままに口にしてから、シオンははっとした。

「どうした？」

「ううん……こんなこと言ったの、初めてで……自分でも驚いた」

心臓がどきどきしている。

でもそれは嫌な感じではなくて、何だか、躰の奥から力が湧《わ》いてくるみたいなそんなどきどきなのだ。

「おそらく、君なりの決意表明だろうな。私はとても素敵な瞬間に立ち会ったようだ」

レイスは目を細めた。

「大丈夫だ、シオン。きっと、君になら成し遂げられる」

「どうしてわかるの？」

家庭教師でさえもシオンの勉学には合わないと突き放されてしまっているのに。

「マディアの王族は、天の御遣《みつか》いの血を引いている。清らかで強い心を持っているんだ」

「ええと、御遣いってなに？」

聞いたこともない発言だった。

「そこからして知らないのか。ラスィーヤに伝わる伝説だ」

「それってどんなお話？」

真剣に興味を持ったシオンの気持ちを察したのか、レイスは表情を引き締める。

「きちんと話さなくてはいけないな」

レイスは手近なベンチに腰を下ろし、シオンにも座るように促した。

「ラスィーヤとトゥルクの国境の村――ヴォスタンに伝わる昔話だ。昔々、そこには狼が住んでいた。狼は人と仲が悪くてずっと争っていたが、神様はそれに心を痛め、天使を送ったんだ。どうか争わないでくださいと言ってってね」

「天使って？」

「まいったな、そこから説明するのか」

まいったと言いながらもレイスは朗らかで、こうしてシオンとの会話を楽しんでいる様子だった。

「天使はラスィーヤの神様が使わす、神の使いだ。大きな白い羽が生えていて、空を自由に飛べる。人よりもずっと賢くて、美しいんだ」

「ふうん……」

マディアでいうところの妖怪である『天狗《てんぐ》』に似ていると考えたが、話の腰を折りそうなので口にしなかった。

「神様はどっちの味方なの？」

マディアにおいて神は民をただ見つめるだけで、荷担はしない。だからこそ、どちらかに肩入れするというのは面白かった。

「一応、両方だ。どちらも神が作ったものだからね。だから、神様は人と狼の争いに心を痛めた」

レイスはそこで息を継ぐ。

「天使はまず人を説得しにいったが、人は彼らに石を投げた。とても綺麗だからこそ、かえって作り物みたいで気味が悪い化け物だと思ったんだろうな。仕方なく、天使が狼のところへ行くと、狼は天使を気に入って、それで自分の妻になるならば休戦しようと話した」

「天使って女なの？」

「天使に性別はないんだ。逆に言えば、男でも女でもあるらしい。要はオメガのような存在だな」

唐突にオメガのことを言われてどきっとしたが、レイスはシオンがオメガだとはこれっぽっちも考えていないようだ。

「ともあれ、狼は天使の言うことを聞いて休戦を聞き入れたが、人は拒んだ。そのうえ、人は調停者である天使を殺してしまったんだ。それどころか、その死体を焼き払った。それが神の怒りを買い、神は人を滅ぼすために光の矢を降らせた。『そこで生き延びたものだけが正しいものである』ってな」

ラスィーヤの神様は、ずいぶん恐ろしいもののようで、想像したシオンはぶるっと震えた。

「その結果、ラスィーヤでは破滅的な熱病が流行っただけでなく、旱魃《かんばつ》が起こり、多くの人々が飢えに苦しんで死んだ。天使も死んでしまったが、生き延びた子供たちはラスィーヤのような野蛮な土地にはいられないと、船を使って東へ……つまりマディアに逃げたとされている。だから、ラスィーヤにはもう二度と天使は現れない」

「狼はどうしたの？」

一人で残された狼がどうなったのか、そちらのほうが気になった。

「狼は嘆き悲しみ、争いをやめた。そして残された人々を助けようと、人間の中から妻を娶《めと》った。その子孫が支配することで、ヴォスタンには平和が訪れたんだ」

「何だか、とても悲しい話だね」

「私はこの物語は嘘だとは思っていないんだ」

意外なことに、レイスはそんな非科学的なことを信じていると告げる。

「そうなの？」

「昨日も工房を見せてもらったが、マディアには空船の技術がある。それこそ、ラスィーヤからマディアに旅立った天使のもたらした知恵の恩恵だと考えているんだ。それに、君だ」

「僕？」

シオンはきょとんとした。

「そうだ。君の美しさを目にして、初めてわかった。天の御遣いは本当にいたんだと」

声もなく頬を染めるシオンに、レイスは残念そうに言った。

「私は君に会うためにここに来たんだ」

「え？」

驚きのあまり、声が掠《かす》れてしまう。

「広い世界を見るために、マディアに来た。そして知ったんだ。この旅は君に会うためのものだったと」

「ありがとう……」

「だから、とても淋しい。知り合ったばかりの君と別れてしまうのは、心の底から名残惜しいよ」

「……僕も」

初めてできた大切な友達は、明日にはラスィーヤには帰らなくてはいけない。

それが淋しくて名残惜しくて、シオンは俯《うつむ》いてしまう。

初めて、知った。

誰かと別れることは、こんなに悲しいんだ……。

こんな風に別れが来るなら、仲良くならなければよかった。

じわりと涙が滲《にじ》んできて、シオンは地面に目線を向けたままごしごしと目を擦った。

「シオン。いつか、ラスィーヤに来てくれないか？　私に会いに来てほしい」

ぎゅっとシオンの手を握り締めて、レイスが熱っぽく訴える。

「だって、ラスィーヤは怖い国なんでしょう？」

「君は最初に面白いところだと言ってくれただろう？　それに、君のことは私が守る。狼の末裔《まつえい》として、約束しよう」

ぐっと彼はわざとらしく力こぶを作ってみせる。それが真面目な彼には珍しい冗談に思えて、シオンはついくすっと笑った。

「約束してくれるの？」

「ああ。約束する。君を守り、いつかラスィーヤと……ううん、ラスィーヤだけじゃない。広い世界を君に見せるよ」

「そんなこと、できないよ」

オメガの自分は、この王宮から出ることさえ許されていないのだ。

だとしたら、ラスィーヤになんて行けるはずもない。

「できないはずがない。人には皆、無限の可能性がある。君が信じてくれさえすれば、きっとこの願いは叶《かな》う」

呟いた彼は、それから流れるようにシオンの首に顔を近づけた。

「な、に……？」

くちづけられるのではなく、首の付け根を軽く噛まれて、シオンは目を瞠った。

噛まれた途端につきりと痛みが走ったが、血は出なかった。

「これ何？　レイスが狼だから？」

噛まれた場所が疼《うず》くように熱くなり、全身が火照《ほて》ってくる。こんな風になるのは初めてで、シオンは動揺しきっていた。

「怖がらないでくれ。これは約束の印だ。その傷が残る限り、私は君との約束を遂行する」

「どんな約束？」

シオンの頰に恭しく触れ、レイスは真っ向から目を覗き込んできた。

「ついさっき話したばかりなのに、もう忘れた？　君に世界を見せると約束したじゃないか」

「だけど」

そんな約束は、夢みたいなものだ。夢の中に出てくる甘いお菓子のようなもので、喜び勇んで食べようとしたらきっとなくなってしまう。

そこで彼が唇を綻ばせて、穏やかな笑みを浮かべた。

「ラスィーヤで待っている。ぜひ、我が国に来てほしい」

「そんなことは……」

「できないと言わないでくれ、シオン。それではこれまでのやり取りが嘘だったことになってしまう。君の決意を聞いた。君は本当は、ただか弱いだけではなく、その胸に情熱を秘めた強い人だ」

信じてくれる。

この世界でたった一人、レイスだけがシオンの可能性を求めてくれているのだ。

「……うん」

シオンは頷き、そして真っ直《まっす》ぐにレイスの目を見つめる。

「いつか必ず、あなたの国に行く」

「謹んで招待させてもらおう」

「ありがとう」

思わず笑みを浮かべると、レイスが眩《まぶ》しそうに瞬《まばた》きをしたのだった。

3

船に響き渡るのは、野太い叫び声だった。

「なに……？」

慌てて身を起こしたシオンは、ごしごしと目を擦る。

「襲撃だ！　甲板《かんぱん》に集まれ！」

「おう！」

襲撃って……？

雄叫《おたけ》びにも似た叫び声。悲鳴、騒音、振動。異常な気配に、シオンの目は急に冴《さ》えた。

懐かしい夢から一転し、あたりは妙に血なまぐさい。

何とか身を起こしたシオンは、枕元から手を伸ばせる範囲の窓の覆いを上げる。船員たちとは違い、船客として特別待遇のシオンは船でも上層階に船室があるため、すぐに甲板に出られる位置にあった。

外に出て、様子を見たほうがいいのだろうか。

「クマル……クマル、いないのか？」

返事はなかった。

船酔いのせいで、体調はすこぶる悪い。

そうでなくとも、船旅が始まってからというもの、シオンの体調は最悪だった。具合が悪い理由は薄ぼんやりとしかわからなかったが、これは発情期が近いのではないかと疑ってかかっている。

とはいえ、シオンはまだ発情期になった経験がないので、これはただの予感でしかなかった。

オメガの発情期というのは、自覚はないものの、おぞましい匂いを発するらしい。その匂いでベータどころかアルファまでも惹《ひ》きつけてしまい、それが理由でオメガは人々から毛嫌いされているのだった。

ベータにはオメガをつがいにする力がないので、ベータしかいないこの船では首輪はしていないが、純潔を奪われるのは困る。抑制剤を飲んでいるが、オメガの発情期はこんなに倦怠《けんたい》感が続くものなのだろうか。

シオンが乗せられたのは、民間の貨物船だ。鎖国しているとはいっても、書状や最低限の物資のやり取りは続き、国が船を所有している。そのため、船員たちは国に雇われており、身許もしっかりしている。

「クマル！」

シオンが発情期になったときと万が一に備えて、クマルはシオンの部屋のすぐ外に詰めている。寝ずの番は不要だと話しているが、扉を開けると彼を起こしてしまいそうなので、夜にどうしているかは確かめたことがない。

「クマル、いないの？」

もう一度声をかけると、「はい」と扉越しにくぐもった声で返答がある。

「すみません、様子を、見に、行って……おりました」

どこか息を切らせているらしく、クマルの声は切れ切れだ。

「戻ってきているならいい。怪我《けが》は？」

「してません。私はシオン様の護衛ですよ？」

ドアの向こうから、クマルは早口で捲《まく》し立てた。常にない態度から、彼の抱く緊張感が伝わってくる。

「外はどうなっている？」

「賊……海賊かと」

「海賊？」

無論、山賊やら盗賊やらは平和なマディアにもいたし、海賊がいることくらいは知っていた。

この船にもそこそこの財宝やら何やらは積んでいるが、一箇所に集中させる危険を考慮して分散して出発している。クマル以外の兵士たちも大勢乗っているし、海賊にとっても襲うような旨《うま》みはそこまではないはずなのに。

だが、本当にこの船が襲撃されているのであれば、それはシオンが乗船しているせいではないのか。

表情を曇らせたシオンは、それでも急いで寝間着を脱いでその上に自分の普段の衣を身につける。

このほうが遥かに動きやすいし、自分の身を守る一助になるはずだ。

それから、鞄《かばん》を探って護身用に持たされた短刀を取りだし、ぐっと握り締めた。

本当は、すごく、怖い。

外からは悲鳴や剣と剣を合わせる鈍い金属音が聞こえてくる。

「うわあっ」

「誰か、シオン様を！」

いったい、何が起きているのか。この船に乗った人たちは皆、殺されてしまうのだろうか。

それはだめだ。

彼らにも家族がいる。会いたい人たちがいるはずだ。もし海賊の狙いが自分なら、いたずらに命を散らせることなどあってはならないはずだ。

自分の身は、自分で守る。

「クマル、開けて」

シオンはできる限り優しい声で言った。

「なぜですか？」

扉の向こうから、緊張しきった声が返ってくる。

「なぜって、おまえたちだけを危ない目に遭わせるわけにはいかない」

「できません」

クマルはきっぱりと断ったが、シオンは「命令だ」と言い放つ。

「開けろ、クマル」

「いいえ。ここであなたに何かあれば、皆の努力が無になります」

ドアの外からも、彼のため息が聞こえるようだった。

「クマル、どうして……」

「いたぞ！　ここだ！」

と。

何か鈍い音と、クマルの怒鳴り声が耳に届く。

斬り合っているのだ。

刀と刀がぶつかり合う音。

「クマル！　クマル！」

加勢したくても、クマルはドアを背に戦っているらしく、シオンの力では開けることができなかった。

「クマル！」

叫んでみたが、クマルの返答はない。ややあって急に外が静かになり、恐れをなしたシオンは寝台に飛び込んで急いで布団を頭から被る。

それとほぼ同時に、唐突に扉が開いた。

「よう」

低い声と共に顔を見せた男の姿に、布団の隙間から外を見ていたシオンは息を呑んだ。

誰だろう……まったく知らない青年だった。

クマルよりも遥かに長身で、がっしりとした体格。髪の色は黒だろうか。暗がりではよく見えないが、暗い色味の目なのは間違いない。

「寝ているのか？」

青年が発したのは、習い覚えたラスィーヤの言葉だった。

「まさか」

「！」

シオンの声を耳にし、青年がつかつかと近寄ってきて布団を剝《は》ぎ取った。

光が、青年の背後から差し込んでいる。どうやら、誰かが廊下に洋燈《ランプ》を置いたようだ。

「やっぱり、綺麗だ……話どおりだな」

「は？」

青年の口からこの状況に似つかわしくない言葉を発され、シオンは眉《まゆ》を顰《ひそ》めた。

「俺はお姫様の騎士《きし》ってやつだ。柄にもなく、あんたを守りに来た」

「守る？　海賊が？」

馬鹿げたことを発するものだと、つい、相手の言葉を鸚鵡《おうむ》返しにしてしまう。

「俺たちも海賊だが、この船は……」

と、そこで青年が振り返って剣を閃《ひらめ》かせる。背中越しに、ぱっと血が飛び散るのが見えた。

「何だ、てめえ！」

狭い船室に殺到してきた男たちが、青年を認めて怒号を上げる。

青年とは違い、頭に血の滲《にじ》んだ布を巻きつけた連中はいかにも柄が悪そうだ。

その中に、クマルはいない。

「ったく、血の気の多いやつらだ」

シオンを庇《かば》うように立ちはだかった青年は、改めて剣を構える。

広い背中を前に、シオンは無言のまま、短刀の鞘《さや》を抜いて柄《つか》を握り締めた。いざとなれば、青年を後ろから刺してでも、この身を守らなくてはいけない。

「何度も言わせるな。俺は、お姫様を守りに来たんだ」

艶やかな黒髪を靡《なび》かせた青年はにっと笑うと、詰めかけてきた男たちを剣でなぎ払った。

「ああ？　俺たち『血染《ちぞ》めの旗団《はただん》』に逆らう気か？」

「こっちは『海《うみ》の狼《おおかみ》』だぜ」

「げっ」

頭に布を被った男たちは、心底嫌そうな声を上げる。

「この船には俺たち『狼』が乗り込んでいる。怪我をしたくなければ、さっさと撤退するんだな」

「嫌だと言ったら？」

「血を見ることになる」

彼らのやり取りからも、仲間同士ではなさそうだ。そもそも身なりがまったく違い、最初にやって来た黒髪の青年のほうが清潔感があって、洗練されていた。

「畜生……やっちまえ！」

やけになったらしく、あとからやって来た男たちが黒髪に襲いかかる。

「来いよ」

一笑した男は、狭い室内にいるシオンを庇うように仁王立ちになる。

――強い。

シオンの出る幕などないほどに、男はあっさりと押し寄せる敵を薙《な》ぎ倒していく。

だが、この血の匂いは酷《ひど》すぎる。

船酔いと相まって、到底耐えられそうにない。

シオンは口許《くちもと》を押さえ、寝台の上で脱力する。吐くのを我慢しているうちに、とうとう意識がふっつりと途切れた。

まだ、何もかもが揺れている。

薄暗がりで目を覚ましたシオンは、見知らぬ天井をぼんやりと眺める。

ここは、まだ海上なのか。

「海か……」

いったい、いつになったら陸に帰れるのか。

腕が痛いと思ったら、両腕にはしっかりと縄が巻きつけられており、自由に動けないように縛られている。試しに歯で嚙んで引っ張ろうとしたが、結び目がきつくなるだけで逆効果だ。

おまけに寝台はマットレスが薄すぎて、その役割を果たしていないうえにどこか湿っている。

船室が薄暗い理由は、窓に布がかかっているせいだ。船室に窓があるのは船倉ではないことを指しており、それなりに待遇はいいようだ。それでも視線を巡らせた先の壁や天井は剝《む》き出しの木材で作られていてどこか無骨で、これまで乗っていた船は、シオンのために居心地良い環境にしてくれていたのだと実感した。

耳を澄ましても、鳥の鳴き声さえしない。

ここは本当に、海の上なのだ。

と、いきなり、ドアが開いた。

光が唐突に差し込んできて、シオンは眩しさに目を細める。

陽射しをいっぱいに背負って入ってきたのは、がっしりとした肉体の人物だった。

「目が覚めたか？」

聞き覚えのある声が鼓膜を擽る。

「……ええ」

少しだけ、光に目が慣れてきた。

姿を見せたのは、あの黒髪の青年だった。逞《たくま》しいとはいっても筋肉だけに頼った体つきではなく、どこか理知的なところを感じさせる。それはおそらく、青年の黒い瞳が深い色合いを湛《たた》えているように見えるせいだろう。

青みがかった黒というのか、どこか目を惹く鮮やかさがある。

「ドアを閉めるか出ていくか、どちらかにしてもらえないか」

「う……いきなり可愛くないな、助けてやったのに。この状況の説明が必要か？」

「してくれるというなら、ぜひ」

シオンが言うと、青年は「いいぜ」と笑って、手近に置かれていた木製の椅子を引き寄せてそこに腰を下ろす。そして、長い足の一方を邪魔そうに自分の腿に載せた。

「俺たちは『海の狼』って海賊で、あの趣味の悪い髑髏《されこうべ》の旗を掲げた連中が、『血染めの旗団』。忌々しいことにお互い海賊って共通点はあるが、考え方もやり方も相容《あいい》れない」

自己紹介もなく、唐突に会話が始まった。

「クマルはどうした？」

「誰だ、それは」

青年がきょとんとすると、その表情だけやけに幼く見える。

「マディア人の私の護衛だ。背が高く、黒髪で……おそらく、マディアの武具を身につけている。ラスィーヤの言葉はいっさい話せない」

「――いや」

なぜか一拍置いてから、青年は首を横に振った。

「いくら何でも、おまえの護衛までここに招待するわけがないだろう。連れてきたのはシオン、おまえだけだ」

クマルの行き先はわからないと言われて、シオンは内心で唇を噛む。

自分にとって最も忠実な従者を失ったことは、シオンには大きな痛手だった。

「どうして、私を助けた」

「助けたっていうか……まあ、どっちかっていうとおまえを攫《さら》う心積もりで虎視眈々《こしたんたん》と狙ってたってわけだ」

初対面のときは助けたなどと嘯《うそぶ》いていたくせに、たいそうな二枚舌だ。

「ただ、ラスィーヤ海軍の船が間に合ったはずだから、そのクマルってやつも、息があれば助けられてるだろうよ」

「そう……」

それならばいいのだけれど、とシオンは深々と息を吐く。

「それで、まだ話があるの？」

「あるよ」

「手短にしてくれる」

「なあ、そうやってツンケンするなよ。綺麗な顔が台無しだ」

悲しそうに指摘されても、自分を攫った人物に愛想を振りまくのはなかなか難しい。

「海賊に襲われたところを、一応は別の海賊に助けられた。そんな偶然は起こりにくいし、海賊たちが共謀していると考えるのが自然だと思うけれど？」

固い声でシオンが意見する、青年は感心したように頷いた。

「なるほど、か弱そうな外見とは反対に頭がいいな」

シオンはむっとした面持ちで青年を睨《にら》む。

「おっと……ええと、用心深いって意味だ。だが、逆を言うと俺たちはともかく、血染めの連中はそこまで頭がよくない。それに、連中は俺たちとはどうも主義主張が違う。お宝のためであっても馴《な》れ合うことはできない」

「どうせ、私には何の価値もない。マディアに身の代金を要求しても無視されるだろう。だったら私など捨て置いて、貢ぎ物を奪ったほうがよかったんじゃないのか？」

シオンに何らかの価値があると見込んで誘拐したのであれば、青年たちの思惑は外れたといってもいい。適当な金額の身の代金でも支払ってもらい、さっさと解放してもらおう。さもなければ、かなり厄介な事態になる。

皇帝陛下の即位の式典は、服喪を終えた秋の収穫祭の頃と決まっている。

一応は余裕を見ているが、それまでに行事は多い。期日どおりに到着しなければ、両者の関係にひびが入るかもしれない。支配と非支配の関係は複雑で、そこに単なる貢ぎ物であるシオンが亀裂を入れるのは、まったくもって望ましくない事態だった。

「そうかな？　最初はわざわざ空船を使って輸送する予定だったろう。つまり、おまえにはそれなりの価値がある」

「買い被《かぶ》られても困る。私はただ、公務でラスィーヤでの皇帝陛下の即位式に向かうにすぎない」

「お姫様、嘘は得策じゃないぜ。そもそもマディアは鎖国していて、他国の外交には出席しないだろ」

よく知っているものだ。

これではすぐにぼろを出してしまいそうで、シオンは黙り込まざるを得なかった。

「――ならば、そちらはどこまで知っている？」

とうとう諦めて、シオンはそう尋ねた。

「どこって、マディア王家のオメガがラスィーヤに向けて出発し、その航路はインディ経由で王都行きってところまでだ」

「ほぼ全部じゃないか！」

愕然《がくぜん》とするシオンに対し、青年はにやりと笑って見せた。

「俺たちの情報網は抜かりがないぜ。おまえが空船に乗せられた場合の誘拐《ゆうかい》方法も、きっちり考えてあった」

「それほどの計画性があるなら、どうして海賊を？」

「海賊がみんな無軌道だと思うのは間違いだ。それなりに思考能力がないと、あっという間に物資不足で飢えちまう」

納得のいく発言だった。

「少し網を張っていれば、おまえの動きは伝わってきた。だから、おまえを捕まえるのには、移動方法に応じていくつか計画を立てればよかった」

「つまり、マディアに間者を送り込んでいたのか？」

マディアは鎖国しているが、国民が他国の民と接触するのを止めるのは難しい。

マディア国内では物資の輸送は船が大きな手段なので、数え切れないほどの船が運航されている。

かねてより、それらの船の中には、海上で他国の船と落ち合って密貿易しているものもいると言われており、王は鎖国を徹底する難しさを突きつけられていた。

「そうだ。おまえのことは抜きにしても、いつ、周辺の国と手を組むかわからないからな」

「手を組むって、海賊が？」

「そうだ」

海賊同士ならまだしも、海賊が他の国と同盟を画策するというのは解せない。

「どうして？」

「海賊はある意味、体制への叛逆者《はんぎゃくしゃ》だ。何かあれば捕まるのは目に見えている。逃げる道筋を確保しておくのは当然だ」

叛逆という言葉の意外な重みに驚き、シオンは言葉に詰まった。

「ま、海賊稼業はどうも性に合わない。骨の髄《ずい》まで海賊になるまでは、まだまだ時間がかかりそうだ」

青年の予想外の発言に、シオンは眉を顰めた。

だが、突っ込んで質問を試しても答えてくれるとは思えないので、その点は黙っておいた。

「いずれにせよ、おまえは皇帝陛下ご執心のオメガだ」

「他人に執心された記憶はない。しかも皇帝陛下からなんて、人違いだ」

ラスィーヤでは、そんなにオメガが珍しいのだろうか。確かにマディアでも数は少ないものの、いないわけではない。

やはり自分は愛玩目的の贈答品なのだ。わかってはいたけれど、事実を突きつけられると落胆せずにはいられない。

「それはいいとして、おまえは俺自身には興味がないのか？」

「残念だけど、海賊と知り合うつもりはない。面倒が増えるだけだ」

ちっとも残念ではなさそうな口ぶりで答えると、青年は肩を竦めた。

「だからって、名前すら聞いてくれないっていうのはどうかと思うけどな」

「……聞いてほしい？」

「もちろん！」

声を弾ませる青年はやけに人懐っこくて、陽気で、そして妙な可愛げがある。

――だめだ、何をほだされかけているのか。この青年こそが、シオンの船を最初に襲った誘拐犯ではないか。

それでも、相手の名前を知らないのはやりづらいため、渋々シオンは口を開いた。

「名前は？」

「レイスだ」

心臓が跳ね上がる。

その瞬間、時間が止まったような気がした。

レイスだって……？

目の前の粗暴な海賊が、あのときの少年だというのか？

信じられない。

「覚えてたんだろ？」

「だいぶ印象が変わったみたいだけど」

少しだけ、シオンの口調は自分でもそうとわかるほどにやわらかくなってしまう。

我ながら現金で、恥ずかしくなった。

「そりゃそうさ。宮廷を飛び出して海賊になれば、性格だってがらっと変わる」

妙に明るくからっとした口調は、やはり、あのときのレイスとは結びつかない。

「宮廷を出たってことは、王族ってこと？」

「そうだ。末席くらいだけどな。にしても、おまえの銀の髪……聞いたとおりだ」

「え？」

「あ……いや、そうじゃない。覚えていたとおりってことだ」

身を屈《かが》めた彼は、立ち尽くすシオンの目を覗き込んでくる。

どうにも記憶と噛み合わない。

レイスの瞳は翡翠の色だった記憶があるが、今の彼は、青みがかった黒っぽい目をしている。もちろん、成長につれて目や髪の色が変化する人がいるのはわかっていた。

「——私には大事な使命がある。本当にレイスなら、私の立場をわかっていてもおかしくはないはずだ」

「当然、知ってるよ。あんたはキリルの……ラスィーヤの皇帝陛下の側室になる。皇帝陛下ご執心のオメガってのは、そういう意味だったんだが」

「！」

思わず息を呑み、シオンは口を噤《つぐ》む。

「こっちもいろいろ事情はあるが、要はキリルへの意趣返しを望んでいた。おまえに関してもそのつもりで攫ったけど、今は意味が違う。一目惚れってやつだ」

レイスはそう言うと、不意にシオンの頬に触れてきた。

突然のことに身を捩《よじ》るのも忘れたが、次の台詞《せりふ》にはっと我に返った。

「俺はおまえが欲しい」

「ふざけているのか？」

「ぐっ」

咄嗟に男の腹に膝蹴《ひざげ》りを入れたシオンだったが、縛られているせいで自身もバランスを崩し、寝台から転げ落ちてしまう。そのまま座り込んでいても格好がつかないので立ち上がり、傲然とレイスを睨んだ。

「私の立場を知っていて、よくそんなふざけた内容を口にできること」

彼があの『レイス』であったとしても、今となっては関係ない話だ。

二人の道は分かたれた。

約束はあったかもしれない。

だが、あれは子供の頃の意味のない言葉の羅列だ。

「なるほど、じゃじゃ馬だな。オメガっていうのは、案外気が強いんだな」

「オメガかどうかではなく、個性の問題だ。それもわからないの？」

本当に彼がレイスなのか、その物言いに疑問さえ覚える。

「じゃじゃ馬が嫌なら、さっさと解放したほうがいい。金が欲しいのであれば、言い値で払うはずだ」

払うのはシオンではなかったが、似たようなものだろう。それを耳にしたレイスは暫《しば》しシオンのことを眺めていたが、やがてにやっと笑った。

「おまえは乗り手を選ぶじゃじゃ馬ってことか」

「私に乗っていいのは皇帝陛下だけだ」

「おまえに乗るなら、まずはおまえを納得させないといけないってわけか」

「納得って？」

「そうだ。おまえは俺を認めていないから、そうやって反抗的なんだろう？　だから、力比べといこう」

呆《あき》れた。

この男は、立派な体格どおりに頭の中まで筋肉でできているのだろうか。

「黙っちまって、どうした？」

「本当にあのときのレイスなの？」

「！」

一瞬、レイスが驚いたように目を瞠った。

「何で、それを……」

「ラスィーヤの民は確かに武を貴《たっと》ぶというけれど、私の知っているレイスは、もっと理性的だった。すべてを腕力で解決するようなタイプには見えなかった」

「へえ、子供の頃の話を、ずいぶんよく覚えているんだな」

「それは……」

もちろん、当時の体験をそっくりそのまま記憶しているわけではない。大人になってから思い出すたびにいろいろな解釈が加わり、子供時代に見たとおりの記憶ではないはずだった。

「じゃあ、何で勝負したい？　詩でも作るか？」

「ラスィーヤといえば四行詩だけど、そちらの言葉は不得手だ。詩を書けるほど精通していない」

「案外、試せばいけるかもしれないぜ？」

「それに、作ったとしても誰が優劣を判定するの？」

この船に、そんなことができるほど風雅な人物がいるとは思えない。

「ああ、そいつは大きな問題だ。うちの船は学のある連中も多いが、詩の優劣を見極められるかまでは、聞いたことがないな」

「だから力で争うの？」

「そうなるな」

違う背景で育った者同士であれば、覇を競うにも骨が折れる。それならば力比べなどしなくていいのにと思うが、最初のうちに自分がただのオメガでないところを見せておかなくては、舐《な》められたままだ。

——舐められる、か。

あのとき出会ったレイスは確かに自信が漲《みなぎ》る口ぶりだったけれど、シオンを押さえ込むようなところなど一度も見せなかった。それどころか、レイスはシオンを尊重し、語り合う時間を楽しいものだと受け止めている様子だった。

なのに、成長した今は相互理解ではなく力任せの方法を選ぶとは、月日はこんなにも激しく、人を変えてしまうのだろうか。

「だいたい、キリルは恐ろしく厳しくて冷たい男だ。戦争が好きで、兵士の死体を積み上げるのも厭《いと》わない。おまえみたいなか弱いやつは、会ったら怖くて泣くかもしれないぜ」

「私は泣いたりしない」

「閨《ねや》では泣かされるだろうな。あいつは優しくないから」

「…………」

そのうえ、レイスときたら驚くほど下品というか明け透けで、シオンは自分の頬が赤らむのを感じた。

「来いよ」

渋々レイスのあとをついて歩きだすと、彼は真っ直ぐに甲板に向かう。甲板に至る階段は狭いが、周囲はきっちり整頓《せいとん》されているので問題はなさそうだ。

夕暮れが空を茜色《あかね》に染めている。陽《ひ》が落ちていないせいか、甲板では多くの船員たちが忙しそうに立ち働いていた。

船員たちの服装は皆ぴしっとしており、白いシャツに黒いズボンという前提を揃《そろ》っていれば、デザインや着こなしの違いは関係ないらしい。そのせいで個性が垣間《かいま》見え、軍隊ほどの規律があるようには見えないのだろう。

「お？　何をするんだい、お頭」

甲板にいた船員の一人が、陽気な調子で声をかける。彼の朗らかで親しげな口調に、この『お頭』がどんな風に慕われているかはわかる。

「決闘」

短く返事をし、彼は腰の脇に下げていた短刀を摑むと、シオンの手首に巻かれていた縄をぶつっと断ち切った。

やっと手が楽になり、シオンはそれをぶらぶらと振ってみる。長時間の拘束に手は痺《しび》れかけていたが、徐々に感覚を取り戻してきた。

「決闘？　わざわざご苦労なこって。で、お相手は？」

「お姫様だよ。剣を貸してくれ」

「ええ？　そんなお綺麗な姫さんじゃ、剣を持ったら転ぶんじゃないですかい」

「しかも折角《せっかく》攫ってきたお宝じゃないですか。怪我させたらことですよ」

からかいや冗談のつもりだろうが、あからさまに心配されると自分が無力だと言われているようで、シオンはむっとする。

自分だって、クマルから剣の手ほどきを受けてきたのだ。

見た目どおりに軟弱だと、侮られるのは我慢ができない。

クマルのためにも、自分の名誉のためにも、レイスには一泡吹かせてやる。

「こいつを使いな」

レイスは腰に帯びていた剣のうちの一本を、鞘ごとシオンに渡す。そして自分は、仲間から渡された剣を手に取った。

使い込まれた剣を受け取り、シオンは鞘から抜き払った。

「軽いな」

「軽いが威力はある。思いきり突けば失血死する」

「首は刎《は》ねられる？」

「刎ねられるのは困るし、死に至るまでは相当苦しむはずだ。胴体と頭はくっつけておいてくれよ」

「決闘で手加減はできない」

シオンは眉を顰める。

相手か自分が死ぬくらいの気概でやらねば、誰にとっても失礼というものだ。

「俺が死んだら、ほかの乗組員が黙っちゃいない。さすがにおまえを生きて返さないだろうよ。だから、殺すのはお互いになしだ」

「一応は覚えておく」

右手で剣の重みを確かめてから、両手で柄を握る。

ちょうどいい。

ここで過去はすべて断ち切らなくてはいけない。

レイス自身はシオンの記憶の中で息づくレイスとは、だいぶ変わってしまったようだ。しかしそれだけに好都合だ。あのときのやわらかな記憶はもう消し去るべきなのだ。

自分は王都に行き、皇帝陛下のものになるのだから。

「構えはいい。心得があるんだな」

「素人なのに決闘を選んだりしない」

「一理ある」

レイスは喉を震わせて笑い、自分も剣を構えた。

構えに隙《すき》が見えない。

やはり海賊船の船長というだけあって、かなりの使い手と見える。

相手の本気を感じ取った以上は、気を抜くことはできなかった。

剣を振り回すのは体力勝負で、シオンのように小柄な者は、早めに決めにいかなくては勝機はないはずだ。

「いいだろう、来い」

すっとレイスの表情が変わり、その黒い目が煌めく。

「ならば、いざ尋常に」

剣と剣を合わせると鈍い音がし、火花が散った。

男の体重が乗った剣は、想像以上にずっと重かった。

「軽いな。これじゃ、大根ぐらいしか切れないんじゃないか？」

「黙れ！」

怒りに頬を紅潮させ、シオンは続けざまに剣を繰り出した。

右、左、右、右、胴。

相手は正確にシオンの剣筋を読み、先回りして動く。

「！」

長時間は不利だ。

打ち合う疲労に次第にシオンの剣の重みに切っ先がぶれ、次第に動きが鈍ってくる。

だが、今度こそ——！

「くっ」

「おっと」

勝負を決めに向かった渾身《こんしん》の一撃を、呆気《あっけ》なく弾《はじ》かれた。

今のは、完全に入ったはずだったのに。

「よし、今度はこっちからだ」

「あっ！」

と思えば、今度は流れるように力をいなされる。

信じられないけれど、レイスの腕は凄《すさ》まじかった。

剣と剣が煌めき、冷や汗が背中を伝って落ちていく。

さっきから防戦一方で、押されているのがわかる。

まさか、自分が負けるのか。

「おいおい、ぼんやりするなよ。喉を切り裂いちまうぞ？」

「ッ」

レイスが強く剣を叩き込んで来た瞬間、シオンの手から剣が吹き飛んだ。

得物を拾わなくては！

だが、甲板に転げた剣に手を伸ばす前に、喉元に鋭い刃を突きつけられていた。

「！」

「これで終わりだ」

とうとう観念したシオンは、座り込んだままレイスを見上げてを真っ向から睨みつけた。

「私の負けだ。やるならば、ひと思いにやればいい」

「馬鹿だな。折角手に入れた相手を、こんなところで殺すわけがないだろう。おまえに一目惚れしたって言ったはずだ」

ひゅうっと見物していた乗組員のうちの誰かが口笛を吹く。

「決闘なのに本気ではなかったのか⁉」

はあ、とレイスはわざとらしいため息をついた。

「その辺は言葉の綾《あや》って言うか。まったく、お堅いなあ……」

「ともかく、負けは負けだ。煮るなり焼くなり好きにすればいい」

「よし、好きにさせてもらうぜ。お姫様の許しをもらったんだからな」

そう言ってのけた彼は、シオンをひょいと肩に担ぎ上げた。

「なっ」

何という、無様な真似を。

怒りに打ち震えるシオンを担いだまま、大股で歩きだす。

「船長、どこへ行くんで？」

「野暮《やぼ》は聞くなよ。あとは任せたぜ」

「へいへい」

意味のわからないやり取りの最中で船室に連れていかれたシオンは、大きなベッドに投げ出された。

「！」

意外にもマットレスはふかふかしており、あからさまにこれまでシオンがいた部屋とは格が違う。船室全体の簡素さは同じだが、置いてあるものや家具の質がいいのだ。卓上には天球儀があり、ここがレイスの私室なのだとあっさりと予想がついた。

「今更、話しなんて何もない」

少しふて腐れたシオンがそう言うと、レイスは肩を竦《すく》めた。

「ああ、おしゃべりするつもりはない」

「じゃあ、どういうつもり？」

「好きにさせてもらうと言ったはずだ。俺たちは賊なんだ。奪って殺すのが本職だ」

こんなところで殺されるのかと、シオンは自分の表情が強張るのを実感した。

「野蛮すぎる」

「ああ、野蛮で下賤《げせん》だよ。本能のままに生きるっていうのは、そういうことだろ」

そう言い切った男は、シオンをその燃え立つような双眸《そうぼう》で見据えた。

まさに獣の目だ。

レイスはシオンの帯に手をかけて、それをぐっと解《ほど》いてしまう。

「あっ」

「恨むなよ。負けたのはおまえのほうだ」

自らの帯で両腕をまとめて縛《いまし》められ、シオンは狼狽《ろうばい》に息を呑んだ。レイスはまるで躊躇《ちゅうちょ》せず、シオンが身につけていた衣の前を豪快にはだけさせる。

「嫌だ！」

こんなところで純潔を奪われるなんて、冗談じゃない。

「オメガを抱くのは初めてだけど、愉《たの》しませてやる。そう堅くなるなよ」

煮るなり焼くなりとは告げたものの、これは勘定に入っていない。

「殺すなら殺せばいい！　辱めは御免だ」

シオンは声を震わせてレイスを睨んだ。

「殺すわけがないっていうのに……まったく、わかっていなかったのか。色気がないのが玉に瑕《きず》だが、お姫様の悪態もそそるな」

レイスはぺろりと舌で唇を舐め、炯々《けいけい》と光る目でシオンを見つめた。

大きな掌《てのひら》でシオンの膚を探り、「へえ」と感動したように声を上げる。

「なるほど、膚が手に吸いつく……上玉だな」

この男があのレイスであるわけがない。こんな下品で、いとも簡単に他者を征服する男が。

「よせ……いやだ……」

悪態の付き方もわからずに、シオンはそう繰り返した。

拘束された手を動かして何とかレイスを押し退《の》けようとしても、体格のいい彼には敵わない。

「やっ」

衣の狭間《はざま》から直截《ちょくさい》に性器に触れられ、無様に声が上擦った。

こんな仕打ちは、これっぽっちも望んでいないのに。

気持ち悪い……。

レイスはこちらを箱入りと揶揄《やゆ》したものの、シオンとて知識として、ここを擦れば快楽を得られることは知っていた。

「触り心地は抜群だ。もっといい声を出してくれれば最高なんだけどな」

「誰が…」

レイスの大きな掌が、シオンの膚の上を這《は》い回る。まるでそこに何かあるとでもいうように、皮膚を辿《たど》り、腕のかたちを確かめ、筋肉を揉《も》む。見つけた小さな黒子を、指先で突く。

嫌だ……。

皇帝陛下の側室に入ると教えられたときから、覚悟は決めているはずだった。

「く……」

悔しさに涙が浮かび、目尻を濡らす。

なのに、いざ他人に触れられてみると、それは気持ち悪いだけの行為にすぎなかった。

摩擦熱のせいで膚に汗が浮かび、昂奮するレイスの息が躰にかかって刹那《せつな》の熱を帯びる。

けれども、それだけだ。

「全然感じないな」

不思議そうに首を傾《かし》げ、行為を中断したレイスは屈辱に震えるシオンを見下ろした。

「オメガってこういうものだっけか」

「知らない」

シオンは弾みかける息を堪《こら》えつつ、相手を懸命に睨みつけた。

「オメガを抱くのは初めてだからな。……あ」

「何？」

「もしかして」

不意にレイスは、何か思い当たるところがあったとでも言いたげに手を止めた。

「なに？」

「いや……」

レイスは気を取り直したような顔になり、今度は両脚を大きく開かせる。

「！」

性器と秘所を一度に見られる恥ずかしさに、シオンは真っ赤になった。

「馬鹿、何をする！」

「何って、ここに挿《い》れるんだ」

「挿れる？」

いったい、何を？

意味がわからずに唖然《あぜん》としていると、レイスはぷっと噴き出した。

「おまえ、やっぱり初物なんだな。じゃあ、さっきのは勘違いか……」

感心したようにレイスは言うと、自分自身のものをそこに押し当てる。

このままでは、征服されてしまう。本能的な恐怖を覚えて、シオンは躰を震わせる。

「嫌だ…ッ……やだ、よせ……」

レイスの逞しさはもちろんのこと、その大きさにシオンは怯んだ。

なのに、レイスはまるで遠慮しなかった。

「悪いな。さすがにこれじゃ、加減できねえよ」

「…あ……あ、あ…ッ……」

痛い……。

「これで、どうだ？」

慰めるようにレイスはシオンの性器を撫でるが、それにはまったく意味がなかった。相変わらず萎えたままのシオンを見やり、レイスは舌打ちをする。

隆々とした男根が何一つ斟酌《しんしゃく》せずに、シオンの肉を割って入ってくる。

「や、だ…それ、やだ……いや……」

肉と肉のあいだを乱暴に擦られ、ねじ込まれ、差し入れられる痛みに、シオンの目からぽろぽろと涙が溢《あふ》れる。

痛い。痛くて痛くてたまらない。

オメガは性交を好むというけれど、これは何だかおかしい。

もしかしたら、何かの間違いであって、自分はオメガではないのだろうか？

「くそ……きつすぎる……動いたら壊れるかもな」

「いや……いや、いや……こわさないで…」

痛い。苦しい。こんなの、耐えられない。

腸《はらわた》を掻《か》き混ぜられて、そこに真っ赤に焼けた鏝《こて》でも押し当てられているようだ。がくがくと揺すぶられて、シオンは短い悲鳴を上げ続けるほかなかった。

「う、う……いたい……いたい、やだ……」

「お姫様を凌辱《りょうじょく》するっていうのも、たまんないな」

レイスはどこか楽しそうだった。

「やだ……」

全然、気持ちよくない……。

どうしよう。

これでは皇帝陛下を悦《よろこ》ばせることなんて、できないのではないか。

「とりあえず、中で出すぜ」

「よせ！」

嫌だと、言ったのに……。

「こんなに嫌がってても、俺の子供を孕むかもな」

「っ」

中で何か熱いものを放出され、息もできないようなおぞましさを覚える。ぶるっとレイスは身を震わせると、最後の一滴までも注ぎ、あたかも肉壁《にくへき》に馴染《なじ》ませるように執拗《しつよう》にシオンの中を性器で捏《こ》ね回した。

それでもレイスが離れたので楽になり、シオンはふっと息をつく。

「ふう……」

ため息をつきたいのは、こちらのほうだ。レイスは半裸のままシオンを見下ろし、涙に暮れるその顔をじっと見つめた。

もう、しゃべりたくもない。

「おまえ、オメガにしてはちっとも旨くなかったな」

「………」

「もしかして、つがう相手がいるのか?」

オメガではないのではと言われることを期待していたのに、レイスの発言はまったく違うものだった。

「馬鹿にするな!」

咄嗟に身を起こし、ぱん、とシオンは相手の顔を殴った。

腰が、ずきずきと痛んだ。

話もしたくなかったけれど、この男に誤解されたままでいるのも寝覚めが悪い。

「いってえ……」

「仮にも皇帝陛下にお仕えする身の上で、ほかにつがいを作ったりすると思う!?」

「常識的に考えるとそうなんだが……それなら、肩、噛んでみていいか？」

「だめに決まっている。ふざけるのもいいかげんにしたらどう!?」

シオンは声を荒らげたが、その拍子に声が掠れてしまう。

「すまなかった。昂奮するなよ」

ぽんぽんとレイスが肩を叩いてくる。

「そっちが昂奮させてるくせに……」

「でもさ、おまえの意志を無視して噛まないぶんだけ、紳士的に振る舞ったつもりだぜ。おまえにだって、選択肢は必要だ」

いや……一度、レイス本人に噛まれたことがある。

けれどもそれは、悪戯程度のもので、シオンはそれをつがいの儀式とは認識していない。噛み痕は薄かったし、やがて消えてしまったからだ。

それに、もしあれがつがいの儀式であれば、オメガの特権として、自分の躰はレイスに反応するはずだ。性交がこんなに不愉快で嫌なものになるわけがない。

「少し休んでろ。水を持ってくる」

「…………」

言われなくても、ここで寝てしまうつもりだ。

シオンはレイスに背中を向けて、寝台に横たわって目を閉じる。この状態では抗《あらが》われないと思ったのか、レイスはシオンを縛らず、銀色の髪をくしゃくしゃと一度だけ撫でて立ち上がった。


甲板に出たシオンは、手すりに寄りかかって深々とため息をつく。

この船に捕らえられて、四日は経つだろうか。そして、マディアを出発してからは、既に三週間以上が経過していた。

夏至さえもまだ遠いが、今、いったい自分たちはどのあたりにいるのだろう。

レイスには力では敵わないし、海の上では逃げ出すこともできない。

膠着《こうちゃく》した状況に置かれ、憂鬱ばかりが込み上げてくる。このままでは、もう自分は二度と逃れられないのだろうか。

「おい、艫綱《ともづな》の手入れをしておけよ」

「はい！」

船員たちは皆それぞれに役割が与えられ、シオンを無視して忙しく立ち働いている。彼らの動きは機敏で統一性が見受けられ、清潔感のある服装も相まって、海賊というよりも軍隊の仕組みに近いようだ。そういう点においても、今ひとつ海賊らしくなかった。

昼間は陽射しがきつかったのであまり外に出られなかったが、今になって陽射しが緩んできた。おかげで、瞳の色のせいで眩しい光が苦手なシオンが甲板に滞在していてもつらくはなかった。

意外にも、レイスはあれからシオンを襲わなかった。

おそらく、シオンを抱いても快楽を得られなかったのだろう。

そしてもう一つの変化は、シオンを縛らなくなったことだ。

これに関しては、海の真ん中で脱走する可能性はないと踏んでいるからのようだ。実際、ここで脱走を試みたところで、小舟一つ奪えるかどうか。そのうえ操船技術がないため、道半ばで挫折するのは目に見えている。海上で下手に逃げ出すくらいなら、補給か何かで寄港したときに逃亡するほうが可能性が上がるというものだ。

とにかく、退屈を紛らわす手段が見つからなければ、シオンには耐えられない。

誰か暇そうな人を見つけて話し相手になってもらいたいのだが、あいにく、手の空いてそうな人物は見当たらない。こうなると、レイスに頼る以外はなさそうだ。

ひとまずレイスを探していたシオンは、船室の影から彼の話し声が聞こえるのに気づいて足を止めた。

「もうすぐフローシアか」

「へい」

具体的な地名が出て、シオンは目を瞠った。

もしかしたら、そのうちに上陸するのではないか。上手《うま》くいけば、隙を突いて逃げ出せるかもしれない。

だとすれば、何とかしてラスィーヤの地理だけでも知りたい。

いくら国家に叛逆する海賊とはいえ、まさか堂々と、警備が厳重な王都近くに停泊するとは思えない。普通は王都から遠く離れた港を拠点にするだろう。

「ボスヘレスの首尾は？」

いつものどこか楽しんでいるようなはぐらかすような口調と違い、レイスは真剣そのものだった。

「秋の祭りまではあと半年……なに、こっちは腕利きを集めてるんで上々です。今年は天候がイマイチで、民も今から実入りを心配してるんで」

「気の毒だが、俺たちには好都合だな」

「ええ。地上の連中も頑張ってます。早く合流したいですよ」

「そうだな、あいつらには世話をかけちまってる。ことが成功したら労《ねぎら》ってやらないとな」

レイスがにやっと笑った。

「いい加減、そろそろ皇帝陛下に一泡吹かせてやりたいぜ」

「まったくですよ」

レイスたちの会話はまだ続きそうだったが、これ以上立ち聞きをするのは危険だろう。

そろそろと先ほどの場所に戻ったシオンは、手すりに寄りかかって今のレイスの言葉の意味を考えようとした。

皇帝陛下に一泡吹かせてやりたいと言っていた。そういえば、シオンのことを攫ったのも意趣返しだと語ったはずだ。

本当に、レイスは皇帝陛下への叛逆を望んでいるのだろうか。

正直、海賊といつまでも同道していたら、シオンもまた一味と見なされてしまいかねない。いずれ、ラスィーヤ海軍もシオンを探すのを諦めてしまうのではないか。そうなれば、自分は身も心も海賊一味のものになってしまうのだろうか。いや、それだけは避けておきたい。

「まいったなあ……」

「何がまいったんだ？」

背後から問われて、シオンはびくっと竦み上がった。

背後に立っていたのは、当のレイスだった。

「あ、いや……ええと……退屈で」

「海が凪《な》いでるからな。速度がなかなか出ないんだ」

確かに、凪《なぎ》が続けば進みは悪くなる。少しでも風を拾って帆を張ればいいのだろうが、逆風では意味がない。

　帆船というのは、つくづく、不自由な乗り物だ。同じかたちでも空船のほうが格段に早いし、旅にはいいに違いない。問題は、空船では重量制限が厳しすぎる点と、飛行のための費用だろう。空船のときは書物を別便にしようと思っていたくらいだ。

「何かしたいことでもあるか？」

「剣の稽古！」

「それはだめだ」

　即答だった。シオンは無言で不満を露《あらわ》にし、レイスの日に焼けた精悍《せいかん》な顔を睨みつける。

「そんな目をしても無駄だ。おまえに刃物を与えるのは危険だからな。かといって、ここには練習用の木刀なんてお上品なものはないし」

　確かに、人質に刃物を渡す馬鹿はいないだろう。

「それなら……本は？」

　あるわけがないだろうと思いつつも、一応は聞いてみる。

「本？　いいけど、ラスィーヤ語の本しかないぜ？」

「あるの？」

　いっさい期待していなかっただけに、シオンは驚きに声を上擦らせた。

「おう。みんな本を読むのは好きだからな」

「海賊って本を読んだりするの……？」

レイスはまるで何でもないことのように答えたので、シオンは更なる驚愕《きょうがく》に目を見開く。

とても意外だ。

海賊というのはどうしようもなく野蛮で、力任せに生きる無軌道な連中ではなかったのか。

「そんなに驚くなよ。うちの連中は特別インテリ揃いなんだ」

「ふうん……」

確かに彼らの言葉遣いや振る舞いはやや荒っぽいけれど、軍隊のような規律のある態度といい普通の海賊とは少し違うのかもしれない。だが、もしかしたら通俗小説のたぐいの可能性も考えられるし、あまり過剰な期待は禁物だ。

「よし、ついてきな。目利きはセンセイにやらせよう」

「センセイって誰？」

シオンが尋ねると、レイスは船倉に続くドアを開けながら機嫌良く答えた。

「本は全部、船倉の共用の場所に置いている。そこを管理してるご老体だ」

レイスは肩を竦めて「こっちだ」と言った。船倉に至る階段を下りていくと、途中で猫がにゃあんと啼《な》いて飛び出してくる。

茶色と黒のぶち猫で、大きな模様がとても可愛らしい。

「猫……？」

「ああ。鼠《ねずみ》は病気を運ぶからな。たいていの船では猫を飼っている。マディアは違うのか？」

「マディアは狭いし、そこまで長い航海はしないのが普通だ」

「なるほど。ラスィーヤは国の大きさのせいで、沿岸を回るだけでも平気で二月、三月《みつき》はかかる。国土が広いってのも考え物だ」

できることなら撫でてみたかったのに、手を出そうとすると、俊敏な猫はしゅっと走り去ってしまった。

「そのうち慣れる」

そこまで長期間に亘《わた》ってこの船にいるわけにはいかないので、シオンは複雑な心境になった。

「それとも、次の港でおまえ好みの猫を追加しようか？」

「追加なんて、今度は猫を攫う気？　それは可哀想《かわいそう》だよ」

陸地で自由を満喫している猫をこんな狭苦しいところに閉じ込めるのは、今の自分自身と被っているようで気の毒だ。

「退屈そうにしている、いい子に声をかけるよ。……ここだ」

彼は船倉の奥へと歩いていく。船倉は食堂になっており、椅子やテーブルが無造作に並べられている。そこでは手の空いた連中がポーカーやら何やらをしていた。

がやがやと騒ぐ連中も多いが、確かに、洋燈の灯りを頼りに読書に耽《ふけ》る船員も見受けられる。

「よう、センセイ。こいつに何か本を出してやってくれ」

視線を巡らせると戦争の片隅には大きな本棚がいくつもあり、その隣の机に向かい、しわくちゃになった老人が難しい顔でペンを走らせている。

「おい」

「あ、えっ!?」

途端に老人が顔を上げ、レイスとシオンを見て目を丸くした。

「こいつは船長……！　すみません、夢中になっていて」

「わかってるよ」

「それじゃ、この美しいお方が、マディアのお客人で……？」

彼は眼鏡のレンズを拭き、まじまじとシオンを見つめた。

「そうだ。前に話しただろ」

「ええ、ええ。お気の毒でありますな」

攫われてしまったことを労っているのだろうと思うと、この船に似つかわしくない老人の常識人ぶりが不思議だった。

「暇つぶしに本をご所望だ。何か選んでやってくれないか」

レイス自身はさほど本に興味がないらしく、多少は投げ遣《なや》りだ。

「本ですか……それは嬉しいですな。歴史から医学まで取りそろえておりますぞ。近頃うちの船で人気があるのは、この『君主夜話』という君主の在り方について論じた一冊でありまして」

あいにく、流行りは通俗小説のたぐいではないようだ。そのことにシオンは目を瞠った。

「そういうのは好みじゃないと思うぜ」

「それは残念……」

彼はあからさまに落胆した世数だった。

「では、どんなものがよろしいですかな」

「小説や読み物はありますか？」

「小説、でございますか？　ううむ、難解な哲学小説ならば」

難解な哲学小説は、さすがにこの船の上で読む気はしない。

「それはちょっと……もっと簡単な昔話の本がいいんですけど」

やっと話が通じそうな相手に出会えたので、シオンはつい身を乗り出す。ぎっしりと並べられた書棚の本は潮を含んだ空気で傷んでいるらしく、背表紙は文字が見えないものも多かった。

医学も薬学も必要な知識だとは思うが、今はもう少し息をつける本がいい。

「あのなあ、船乗りがそんなのんびりした本を読むわけがないだろ」

レイスは呆れ顔だったが、老人はさらりと「ありますぞ」と答えた。

「え、あるのか？」

「はい、骨休めというか、一休みにはいいものなので」

「ふむ……じゃあ、俺もそのうち読むか。――出してやれ」

「はい」

膝かどこかが痛むのかのろのろと緩慢に立ち上がり、老人は書棚から一冊の薄い本を選び出した。

「では、これを」

差し出された書物を両手で受け取り、「ありがとう」とシオンは微笑む。ぱらっとページを捲《めく》ってみると絵入りの本で、これならば物語を解する手がかりになりそうだ。

おそらくこの老人が、四行詩の優劣を判定できる人物のようだ。

「昔話なんて、何が面白いんだ？」

「マディアで手に入るラスィーヤの文献は、実用的なものばかりだ。それでは、文明の程度はわかっても文化は理解できない」

「文化……つまりはラスィーヤ人の人となりか」

レイスは顎に手をやり、明るい声で相槌《あいづち》を打つ。

「うん。我々は鎖国しているから、学問においても技術においても立ち後れている。国王は鎖国を続けるために、文化の流入は拒んでいる」

「実際には、ラスィーヤだってマディアから学ぶ点は多い。だから国交を保ってるわけだし、そう嘆くようなものでもないさ」

「かもしれない。だけど、私はラスィーヤの人たちのことを理解したい」

「なら、俺を理解すればいいんじゃないか？」

レイスがぐっと顔を出したので、シオンは呆れ顔で踵を返した。

「レイスは私に隠しごとをしている。それでは理解し合う気にもなれない」

「隠しごとの一つや二つ、誰にだってある。おまえにはないのか？」

「それは……」

たとえばあの日、王宮の中庭でレイスと知り合ったことは誰にも教えなかった。

「それに俺だって、昔話くらい知ってるぜ」

「狼と天使の話？」

「何だ、知っていたのか？」

知っていたも何も、それを語ったのは幼い日のレイスではないか。

「昔、レイスが教えてくれたくせに」

「あ……そうだっけか……」

レイスは目を瞠り、少しばかり意外そうだ。

「そうだよ。お母さんが狼の一族って言ってたし」

「えっ……そんなことまで、言ってたのか!?」

さすがのレイスは声を上擦らせた。

「うん」

「それは驚きだ……けど、まあ、そうだな。今は誰も信じていないだろうけど……皇帝陛下は信じているんだろうな」

語り合うたびに、落胆が深まっていく。

あんなにも鮮烈な邂逅《かいこう》を、レイスは忘れてしまったのだと突きつけられるたびに。

彼との記憶にこだわっているのは自分だけのように思えて、シオンの胸には淋しさが過《よぎ》る。

「皇帝陛下って、どんな人？」

「一言でいえば、厳しいやつだ」

不意に、レイスは表情を硬いものにした。

「厳しい？」

「あいつは氷だ。皇帝に即位する前から王に進言し、ラスィーヤでも周辺部——都に離れたところの支配を強化し始めていた。いざ皇帝になった今は、もう憚《はばか》る相手もいない。次は戦争だって誰もが言っている」

冷えた言葉を聞かされ、シオンはぶるっと身を震わせる。それは、ちょうど日陰を歩いているせいかもしれない。

「おまえを手に入れたがること自体が、その理由だ」

「私？　仮にマディアの王族が天使の末裔だったとしても、今の私はただのオメガなのに」

「ただのオメガなんかじゃない。知ってるか？　皇帝陛下が近頃研究させているのは空船の技術だ」

「あれはマディアの技術だ」

門外不出のはずで、空船の技術者は国家に所属している。近年では研究所の重要性は低下し、予算配分は減っているとはいえ、研究の蓄積を勝手に持ち出すのは不可能だ。

「マディアとラスィーヤの関係を考えれば、空船の技術を教えろって言われて拒めるはずがないだろ？　空船の研究者は、だいぶ前にマディアから送り込まれてる」

知らなかった。

だが、いったい何のためなのだろう。

「それで？　まさか、マディアの王族が天使の血を引いてるから、私も空を飛べると思っているとか？」

「そいつはいい！」

レイスはおかしげに腹を抱えて笑い、そして滲んだ涙を指先で拭う。

「そういう単純な話なら可愛いだけなんだがな。あいつが考えてるのはもっと残酷な計画だ」

「どういう、意味？」

「……世の中には、知らないほうがいいこともある」

船倉から出て階段を上がりきると、澱《よど》んでいた空気から解放されてほっと息がつける。シオンは客人として空気の綺麗な上層階の船室を与えられているため、夜は船倉で雑魚寝するほかない船員たちには少しばかり申し訳なかった。

甲板で伸びをしていたシオンを見て、レイスが目を細める。

「なに？」

「いや、可愛いと思って」

つい黙り込んだのは、どうやって返すべきかわからなかったからだ。

こういうところで、レイスを嫌いになれない。

妙な人懐っこさというか無邪気さというかが垣間見え、ふとした瞬間に、そんなものに絆《ほだ》されかけてしまうからかもしれない。

自分の純潔を奪った、憎い男のはずなのに。それもこれも、彼との思い出があるからなのか。

「――そういえば、さっきのご老人はどうして『センセイ』なの？」

「ん？　ああ見えて優秀な科学者なんだ」

「科学？」

海賊船に学者――しかも科学だとは、似合わないの一語に尽きる。

「そうだ。ご禁制の薬を作っちまって、都を追われたんだ。で、今は俺の依頼で新しい薬を開発してるってわけだ」

「だけど、どうして船に？」

地上にいたほうが、腰を据えて研究に打ち込めるはずだ。

「船の旅は、悪いこばかりじゃない。旅先では、各地の貴重な薬草が手に入るからな。それを材料に研究を進めてるんだ」

「ご禁制って、今は何の研究をしているの？」

「――人を助けるための薬だ」

一瞬の躊躇いがなぜ生まれたのかは不明で、レイスはそれ以上を教えてくれなかった。

ほら、わかり合うことなんてできるはずがない。

レイスは隠しごとをしている。それを明かしてくれない限り、シオンも彼に態度を軟化させるわけにはいかなかった。


センセイから借りた本は、もう三冊目だ。

こうして本を読んでいると、クマルがいない不安をわずかでも忘れられた。

『ラスィーヤ地誌』なる書物によると、フローシアは王都の南部に位置する小さな港町で、シオンたちが入港するはずだったインディよりも西寄りだ。そして、ボスヘレスはラスィーヤでも最西端にあたる。王都は国の中央にあり、距離的にはフローシアよりもボスヘレスのほうが遠い。

地誌に関する書物をほぼ読了しかけた頃、シオンは外の騒がしさが気になってきた。

いつもとは違う種類の喧噪《けんそう》に疑問を感じて甲板に出てみると、ずいぶん間近に陸地が見えている。

「あ……」

あれが、かつてレイスが話していた寄港地だろうか。

舳先《へさき》に立っていたレイスに近づくと、彼はぱっと振り返る。

こういうところでは、レイスはとても敏感だと思う。耳がいいのだろう。

自身が狼の子孫だと嘯くのも、あながち嘘ではないことのように思えた。

「よう、シオン。耳がいいな」

「これって何の騒ぎ？」

「上陸するんだ。そろそろ補給しとかないとな」

にやっと笑うと、レイスの白い歯が零れる。

「フローシアは田舎だが、のんびりできる場所だ。都からも離れているしちょうどいい」

「ふうん……」

「心配するなよ。こんなところでことを起こしたりはしないさ」

「！」

シオンがぎょっとして表情を強張らせると、レイスは何食わぬ様子で肩を竦めた。

「このあいだ、立ち聞きしてただろ。影が見えてた」

「……意地悪だな」

「お互い、隠しごとがあるってことだ」

既に錨《いかり》を降ろしているらしく、船がそれ以上陸地に近寄る気配はない。不思議に思ってあたりを見回すシオンの考えを読み取ったらしく、レイスは説明してくれた。

「このあたりは遠浅の海だからな。これくらいの船でも、港に近づけば座礁《ざしょう》する。だから、ボートで上陸するんだ」

乗組員たちは勝手知ったるという様子だったし、あえてレイスが指示を出さなくてもてきぱき自発的に動いている。

「縄ばしごで下りるぞ」

「え……」

さすがに縄ばしごなどを試した経験はなく、初めての体験にシオンは戸惑った。

「この高さから海に叩きつけられたら、大怪我をする。落ちないように気をつけろよ」

「うん」

縄ばしごは年季が入っていて、両腕を使って自分の体重を支えるのは大変だった。しかし、陸へ下りられなければ逃げる機会もないと、ひとまずは慎重にボートへ下りていく。そこで再び腕を縛られたのは閉口したが、逃げられる可能性を考慮してのことだろう。

意気揚々とした様子で船員たちが漕《こ》ぐボートで近づくと、港は寂れた漁村のようだ。小さな船が何隻も係留されており、漁師たちが燦々《さんさん》と輝く太陽の下で網を干している。

「レイス様！」

ボートの一群に不審げな目を向けたあと、老いた漁師が声を上げた。それに合わせて、人々があっという間に浜に集まってくる。

「よう。暫《しばら》く世話になるぜ。いつもどおり、補給を頼む」

「今年はずいぶん早いお着きですね」

漁師たちの一人はレイスの面倒を見る役割でもあるようで、網の繕いを妻らしき人物に任せてレイスに挨拶《あいさつ》をしてきた。

「まあな。おまえたちこそ、首尾はどうだ？」

「ぼちぼち、というところですな。漁で会った連中には伝えてあるんで、周辺にはだいぶ知れてると思いますがな」

「助かるよ」

レイスは表情を引き締め、漁師の話を聞いている。それから不意に、漁師の視線がシオンに向けられた。

「それで、こちらのお綺麗な方は？」

「俺たちの切り札だ。恥ずかしがりなんで、あんまり見るなよ」

「へい」

よく日焼けした漁師は少し困ったような顔になり、シオンから目を背けた。

浜から一段上がったところが集落のようで、そこには質素な石造りの家々が建ち並んでいる。

村は山を背負っているため、浜を過ぎるとすぐに林に入り込んでしまう。どうやら海賊たちの隠れ家はそこにあるようで、林の奥には小体《こてい》な屋敷が現れた。背の高い木々は屋敷を隠しており、外からは窺い知れなかった。

「今夜はここで休む」

白い漆喰《しっくい》壁の一軒家を指さし、レイスが告げる。

ここは初めて訪れるラスィーヤの建物で、シオンは感動すら覚えていた。

石造りに漆喰の建物はマディアでも目にしたが、ほかはどうだろう？　たとえば玄関は？　部屋の造りは？　窓の大きさは？　そんなことが何もかもものが珍しくて、シオンは自分が軟禁されるのも忘れて目を輝かせた。

「これはラスィーヤでは普通の家？」

「そうだな。このあたりは石造りの家が多いな」

レイスは目を煌めかせるシオンを珍しそうに眺めながら、そう説明を加える。

玄関に一番近い部屋は台所と食堂を兼ねており、奥が主寝室のようだ。二階もいくつかの部屋に分かれており、三階までの階段を上がっていくと少し疲れてしまう。

「ここがおまえの部屋だ」

三階は屋根裏部屋同然の天井の低い部屋で、シオンを先に通すとレイスは戸口に立ちはだかった。

「狭くて悪いが」

「一人部屋？」

「そうだが、外には誰かしら詰めている。変な気は起こすなよ」

「そろそろ解放する気にはならないの？」

無駄だとは思いつつも、一応水を向けてみると、戸口に寄りかかったレイスはいきなり真顔になった。

「だったら聞くが、おまえは都に行けば……キリルの側室になれれば、幸せになれるのか？」

レイスが声の調子を落として真面目な口調で問うたので、シオンはたじろいだ。

「私の幸せがレイスに関係ある？」

「あるさ。惚れた相手の身の上だからな。おまえが自分の幸せを考えられないのなら、それはすごく悲しい話だ」

だって、王族でそのうえオメガとして生まれたシオンは、自らの幸せを願う資格などない。そのため、他人から幸せなどという言葉を聞かされると、戸惑いしか生じなかった。

「だいたい、キリルは領土の拡張しか頭にない冷たい男だ。おまえのことだって、道具としか見なさないだろう」

「道具になれるなら、それでいい。私にできることをするだけだ」

「そうか？　おまえには、ほかにつがう相手がいるかもしれないんだろ。それが知れたら、キリルの怒りを買うに決まっている。初物は俺がもらっちまったしな」

「そうだけど……」

そのことを指摘されると、心が重く沈んだ。

そもそも、目の前にいるレイスがつがいでないのなら、自分はいったいいつ、誰に噛まれたのだろう?

「だけど、俺ならおまえを助けられる。仮につがいがいたとしても、おまえに快楽を与える手段くらい見つけてやる」

「私が欲しいのは、そんなものじゃない」

誰かによって与えられる幸福。与えられる快楽。

それは確かに、待っていればいいから楽かもしれない。けれども、そんなものでシオンは満たされはしない。

「だったらおまえは、生きる喜びを何一つ知らないまま死ぬつもりか? 俺なら、おまえにすべてを与えられる」

「レイスは優しいと思うけれど、私は誰かに生きる喜びを与えてもらう必要はない」

「……まったく。そういうところが、本当に……放っておけない」

レイスは深々とため息をついた。

「どういう意味?」

「惚れ直したって意味だよ」

そう言ったレイスはにこりと笑って、立ち尽くしたシオンの髪を一房摑んでそれに唇を寄せる。

「とりあえず、俺は酒場に行く。おまえは留守番をしていろよ」

「不用心すぎない？」

「見張りは置いていくし、鍵をかけていく。無茶はするなよ」

「海賊なのに、陸地を喜んでるみたい」

「そうだな。不思議だけど、そういうものみたいだ」

「ふうん……」

夜になって部屋に運ばれてきた食事は、久しぶりに塩漬けではない肉が出てきてシオンは安心した。

そして同時に、自分は陸地で暮らすことに馴染んだ人間なのだと思い知った。

海賊にも、天使にもどちらにもなれない。

自分は自分でしかない。ちっぽけな枠の中でしか生きていけないのだ。


躰が、熱い……。

全身にじっとりと汗が滲み、身動きするのもつらい。躰の奥にまるで火が点《つ》いたかのようだ。

不愉快とか気持ち悪いとかではなく、何ていうのか、落ち着かないのだ。

どうして……？

呼吸が浅くなっていて、下肢に熱が溜《た》まっているみたいだ。寝間着になったシオンは自分の性器に軽く触れ、あまりの熱さに戦《おのの》いた。

これって、自分は病気なのだろうか。

それとも、ついに発情期が来てしまったとか……？

どうしよう、こんなところで。

眠れなさに苦しくなったシオンは、露台《ろだい》に面した鎧戸《よろいど》を開ける。外の匂いを嗅いだ途端、ざわっと全身がざわめくような気がした。

「………」

前方には夜の林が見えるが、あの奥に自分の知らない何かがいるのだろうか。

潮風よりも濃く甘い匂いが漂い、シオンは目を細めた。

覚えている、この妙に胸騒ぎを招く匂い。

この匂いを嗅ぐと下腹のあたりがむずむずして、いても立ってもいられなくなるのだ。

誰か居るのだろうか。

露台から身を乗り出した、そのときだ。

「起きろ！　敵襲だ！」

誰かの怒声が響き渡り、シオンは慌てて振り返った。

「！」

急いで寝台のそばの椅子に近寄り、畳んであった上衣を羽織る。

「シオン！」

階段を駆け上がってきたレイスがドアを蹴破りそうな勢いで飛び込んできて、「ここにいろ」と息を切らせて命じる。

「敵って誰？」

「いいから、おまえが顔を出すと厄介だ」

そう言うと彼はばたんとドアを閉めてしまう。すぐ外でごとごとと重そうな音が聞こえ、シオンはドアを揺すった。

「レイス！」

しまった……。

部屋の前に何か、荷物を置かれたのだ。ドアは蹴《け》っても叩いても開かず、シオンは完全にここに閉じ込められていた。

どたどたと長靴《ブーツ》で階段を駆け下りる音が聞こえるから、彼は一階を死守するつもりなのだろう。

こんなにも狭い屋敷にひとたび敵を入れれば、面倒なことになる。

敵とはいったい誰なのだろう。

例の『血染めの旗団』がこんなところまで追いかけてきたのだろうか。あるいは、クマルが助けに来てくれたのか？

いずれにしても、脱出の大きなチャンスだ。ここでじっとしていられるわけがない。

シオンは外を見ようと、急いで露台に駆け寄る。

いつの間にか、暗い木々の向こうには松明《たいまつ》がいくつも浮かんで見えて漁《いさ》り火《び》のようだ。それがあまりにも綺麗で、シオンは一瞬見惚れかけた。

ううん……そうじゃなくて。

やっぱりこの匂いは、外から漂ってくる。

甘くてせつなくて、そして、胸を掻き毟《むし》りたくなるような不可思議な感覚。

確かめたい。

これはいったい、何が由来の芳香なのだろう。

覚えていそうで、思い出せない。思い出せないけれど、心がざわめく。

理性よりも先に、肉体のほうが動きだす。

「シオン！」

突然、誰かが、自分の名前を呼んだ。

「!!」

その声はあたかも雷撃のようにシオンを貫いた。

誰のものなのかはわからないけれど、まるで蜜のようにとろりと甘く、シオンを包み込んでしまう声。

そして、より強くなったこの匂いが自分を誘っている。

もう、我慢できない。

次の瞬間、シオンは自分でも想像していなかった行動に出た。

じっとしていられなくなり、露台から飛び降りたのだ。

「ッ」

ざざざっと膚に擦れた葉と細い木の枝が音を立て、直後にどすっという想像よりもやわらかな衝撃があった。

「！」

――あれ……？

思ったよりも、痛くない……。

地面に激突したはずなのに、こんなにふんわりしているのだろうか。

いや、そうではなくて――自分は誰かの腕の中に飛び込んだのだ。

「…………」

そのうえ、先ほどから感じている甘酸っぱいような胸の疼きが強くなる。

ここから離れたくない……。

うっとりと相手の胸に頬を擦り寄せられた瞬間、相手の笑い声を聞き、シオンは唐突に我に返った。

「まったく……肝を冷やした。飛び降りろと言う前に飛び降りてくるとは」

言いながら相手がシオンを抱き竦めてきたので、思わずじたばたと踠《もが》く。

「は、放して！」

このままでは、しがみついたまま我を忘れてしまいそうになる。

ひとまずは、相手が誰かを確かめなくては。

「放してとは……折角受け止めてやったのに、ずいぶんなお言葉だな」

からかうように言いながら、相手はシオンを優しく地面に下ろしてくれる。

とん、と着地した瞬間から、得も言われぬ淋しさを感じてシオンは不思議に思う。

この感覚は、いったい何なのだろう。

月明かりに照らし出された青年の顔は彫りが深く、天賦《てんぷ》の才を与えられた芸術家が作り上げた彫刻のようだ。金色の髪がさらりと揺れ、光の糸のように広がる。

おまけに、濃厚なまでに甘い香り。

発生源は、目の前にいる麗しい青年のようだ。

「会いたかった、シオン」

美青年はシオンのほっそりとした顎を摑み、遠慮なく美貌を近づけてくる。

あ……。

抗わなくてはいけないと、わかっていた。

なのに、どうしてなんだろう。

あのときのことが、不意に甦《よみがえ》る。

月明かりの下で、自分にくちづけてきた少年との淡い思い出が。

「ん」

触れ合った唇の感触。その弾力に、指がぴくっと震えてしまう。

熱い。躰の中心から、どろどろ溶けだしてくるみたいだ。

おまけに相手の息さえもとろりと甘い気がする。

レイスのときでさえ、こんなことにはならなかった。

「ん…ん、ん……」

気持ち、いい……。躰に力が入らない。

かくんと膝が折れてくずおれかけたシオンに、すっと相手が手を差し伸べてきた。指が長く、膚の色は白い。作り物のような見事な手だった。

「大丈夫か？」

「はい……ありがとう、ございます……」

よくよく見れば、青年は軽そうだが豪奢《ごうしゃ》な細工の鎧を身につけている。すらりと背が高いが、シオンを受け止めても動じないあたり、鍛え抜いた肉体の持ち主なのだろう。

「ともかく、そなたが無事で良かった」

妙に尊大な口ぶりも、青年の身分の高さを示している。おかげでシオンも、彼に対しては丁寧な言葉で接さざるを得なかった。

「ええと……あの……申し訳ありませんが、どなたですか？」

シオンが眉を顰めると、青年は怪訝《けげん》そうな顔になった。

「私を覚えていないのか？　薄情だな」

「薄情って」

言いながらも、その言葉にはなじるような調子はまったくない。むしろ面白がっているようで、シオンは焦りながら自分の記憶を辿るが、こんなに美しく立派なラスィーヤの騎士と知り合った覚えはなかった。

「あいにく、記憶にはございません」

「あのとき約束しただろう。そなたを守ると」

不意に、脳の一点で何かが繫《つな》がった。

でも、まさか――そんなはずがない。

「レイス……？　だけど、レイスは海賊で……」

会話をするのもままならないほどに、濃厚な匂いがシオンを酔わせてしまう。

甘ったるいほどの芳醇《ほうじゅん》な香りの源は、この人だったのだ。

「シオンから離れろ！」

怒号とともに、一陣の風が飛び込んでくる。

レイスだった。

長身の青年は咄嗟にシオンを背に庇い、すらっと剣を抜く。

「よせ、レイス。予は血を分けた弟を傷つけたくはない」

「お優しいな。冷酷無比と評判の皇帝陛下の口からそんな言葉を聞けるとは思わなかったぜ」

剣を構えたまま、レイスが不遜《ふそん》に告げる。

皇帝陛下だって……!?

では、助けに来てくれたのは、皇帝陛下だったのか！

「冷静になれ。見逃してやると言っているのがわからないのか」

「何だと!?」

「頭に血が上りすぎていては、頭目の役割も果たせまい。仲間を犬死にさせたくなければ、この場を離れよ」

その言葉にレイスがあたりを見回すと、樹上に一人。建物の二階に二人。地上にも数人。矢をつがえた兵士たちが、少し距離を取った位置からレイスを取り囲み、明確に一点を狙っていた。

「くそ……」

レイスは一瞬にして憤怒《ふんぬ》の形相になり、一拍置いてから剣を鞘に収めた。すうっと深呼吸をしてから青年を睨み、吐き捨てるように言った。

「シオンは俺の惚れた相手だ。ひとまずは預けておいてやる」

「馬鹿なことを」

一方、気持ちを切り替えたらしいレイスは「どけ！」と兵士に告げると体当たりし、強引に一角を崩す。そして、そこを駆け抜けて包囲網を一気に突破した。

その俊敏さは、まさに狼のようだ。

「追いますか!?」

兵士の一人が勢い込んで尋ねると、青年は「よい」と答えて首を横に振った。

「あれでも予の弟だ。罪人として扱うのは忍びない。大ごとにしては、あれこれと厄介でもあるからな」

それから彼は振り返ると、呆然と立ち尽くすシオンの頬に触れる。

「待たせたな。これで漸く、そなたとゆっくり話ができる」

「あの……恐れながら、あなたのお名前を教えていただけませんか」

確信はあったけれど、それでもなお、確かめるのが怖い。往生際が悪いのは百も承知だ。

予想が当たっていたら、とんでもないことになる。

考えるだけで恐怖が募り、膝ががくがくと震えてきた。

「我が名はキリルだ」

キリル……。

名前を耳にした瞬間、シオンは凍りついた。

「陛下……不敬を、お許しください……」

舌がもつれる。

それは恐怖のためというよりも、自分の躰を襲うこの謎めいた痺れのせいだった。

「気にするな。このような状況で礼節を求めるほど、意地悪ではないつもりだ。それよりも、そなた……反応しているのか」

「そのよう、です……申し訳ありません……」

とうとう緊張と混乱から今度こそ立っていられなくなり、シオンはへたへたと座り込む。

目線だけで人払いをしたキリルはシオンに手を差し伸べと、改めて華奢《きゃしゃ》な肢体を抱き締めてきた。

「会いたかった……そなたが攫われたと聞いて、気が気ではなかった」

そう言ってキリルはシオンの両方の頬を、自分の手で包み込む。

「そなたは、私の唯一のつがいだ。失われることなどあってはならぬ」

「私が、あなたの？」

躰が熱い。まるで全身から発熱しているようで、火照ってやまないのだ。

「そうだ。まさか、気づいていなかったのか？　私と将来を誓い合ったというのに」

「お待ちください……何が何だか……」

わからないうえに、次から次へとめまぐるしく変わる事態に頭がおかしくなりそうだ。

だいいち、キリルといえば酷薄で冷淡な、ラスィーヤを統べる皇帝陛下のはず。

なのに、その皇帝陛下自ら、たかだか属国の一つであるマディアから送られた側室候補を助けに来たというのが、何よりも信じ難かった。

皇帝陛下というのは玉座にどっしりと構えており、俗世の些事《さじ》には干渉しないものだと思っていた。

それが自分を救い出しただけでなく、つがいなどと世迷《よま》い言《ごと》を口走る。

どうかしている。

こんな展開、通俗小説よりもずっと都合の良すぎる夢物語ではないか。

「あなたは、本当に皇帝陛下なのですか？」

「疑《うたぐ》り深いな」

「だって……私は……」

そこでぶるっとシオンは震えた。

与えられた情報量があまりにも多すぎて、自分では受け止めきれそうにない。

「躰が熱い。発情期のようだが、そなたに必要なのは快楽ではなく休養のようだ」

キリルは肩を竦め、シオンの瞼《まぶた》に触れてそれを閉じさせる。

欲しい。

キリルの体温が欲しい。彼のそばにいたい。

でも、確かに言われたとおりに自分は疲れすぎている……。

「少し眠るがいい。我が腕の中で眠る名誉を与えよう」

キリルがやわらかく笑うのを気配で感じたが、シオンはもう目を開けてはいられなかった。

4

田舎道が続いていたが、次第に遠くにぼんやりと霞《かす》むように町の眺めが見えてくる。それが石造りの尖塔《せんとう》であることに気づき、シオンは馬車の窓にぴたりと額をくっつけた。

「すごい……」

思わずそんな感嘆の言葉が、口を衝《つ》いて出てくる。

「あちらがラスィーヤが世界に誇る王都です」

シオンの向かい側に座った栗色の髪の青年が、落ち着いた口調で説明を述べる。

彼の名はザハール。

年の頃は三十前後らしく、見た目からしてもシオンよりもずっと年上だった。

「今までの町とはまるで違いますね」

「失礼ながら、これまでの町は辺境の田舎です。確かに州都も通りましたが、王都と比べられては困ります。この王都は、帝国の威信をかけて百五十年前に建造が始まりました。ですから……」

かたかたと揺れる馬車は、四人乗りで二頭立てになっている。側仕えとして腕利きの騎士だというザハールなる青年を宛《あて》がわれたシオンは、多少の居心地の悪さを感じつつ旅路を辿っていた。

「千の塔の都というのでしょう?」

「よくご存じですね、シオン様」

「ここに来る途中、『ラスィーヤ地誌』を読みました。あの塔はどういう目的で建てられたのですか？」

「あれらは一つ一つが寺院です。塔は天の御遣いに捧《ささ》げるため、たいていの寺院には備わっています」

「ラスィーヤの民は信心深いんだね」

「戦勝祈願に建てられたものもありますから、一概にそうとは言えません」

それにしても、ザハールは一般的な教養にも問題がないようで、ここ七日、シオンが放ったたいていの質問には即答してくれて有り難かった。

むしろ、シオンが質問攻めにしても、まるで動じていないのか表情一つ変えない。

国土の広さ、人口、収穫される穀物の量、羊の頭数、すべてがザハールの頭の中に入っているようだった。

「ですが、そうですね……皆、決められた日には教会に行き、神に祈りを欠かしません」

「じゃあ、皇帝陛下のことはどう思っているの？」

「陛下は神ではありません。神の意志に背けば、陛下とて無事ではいられないと誰もが知っています」

ザハールは言いづらいであろうことをさらりと告げ、それでも平然としていた。

「皇帝陛下はとても厳しい人だと聞いています」

またそれか、とでも言いたげにザハールは口を開いた。

七日前。

レイスに攫われていたシオンを助け出したのは、ほかでもない。このラスィーヤの皇帝であるキリルだった。

しかし、多忙を極《きわ》めるキリルは一足先に都に戻ってしまい、シオンはフローシア近くの州都で一旦は躰を休め、それから王都に向かうこととなったのだ。

おかげでキリルと会話を交わしたのはあのときだけで、キリルがどのような人なのかは未だによくわからない。

助けてくれたのも気まぐれかもしれないし、親しげな台詞も、自分の願望が作り出した夢かもしれない。

そう考えると、つい、キリルの側仕えだったというザハールに似たような質問を繰り返してしまうのだ。

発情期の躰はザハールが持っていた抑制剤のおかげで、だいぶ楽になっていた。

「先日申し上げたとおり、私は前の陛下にもお仕えしておりました。先代は寛大なお方でしたが、財政は放漫でしたし、秩序を嫌っておられた。そのため、ラスィーヤの国庫は引き締めを余儀なくされております。ですから、これまでとは違うことを見せる目的で、あえて厳しく振る舞っておられるのではないかと」

「そうなんだ」

そういうものなのかと、シオンは曖昧に相槌を打つ。

「ですが、厳しくなければこの北の大地を治めることはできない。裏返せば、そういうことでもあるのです」

「そういえば、ラスィーヤの夏は短いの？」

「ええ、夏至のあとの二か月で夏と秋が終わると言われます。地方によっては差がありますが、それからは長い冬の始まりですよ」

「ラスィーヤの冬、か……」

シオンは小さく呟いた。

「ああ、あそこに見えるのが宮殿です」

「あれが……？」

ザハールが指さした先にうっすら見えるのは、白っぽい雪山かと思ったが違う。白い尖塔が連なる豪壮な建造物で、あんな建物はマディアにはない。目映いばかりに光り輝いているのは、白と金で装飾されているせいだろう。塗料に陽光が当たり、煌めいているからだ。

道路は街道からして立派で石畳で舗装されており、街に入るとこうして道を歩く人々の服装もきらびやかだ。女性はあまりいないようだが、たまさか見かけると華やかな色味のドレスを身に纏っている。貴族らしい裕福そうな男性たちは、帯剣しているものが少ないのが意外だった。

洗いざらしのシャツにズボンを身につけていたレイスたちは、王都で暮らす人々に比べると遥かに質素な暮らしぶりだったようだ。

「面白い……」

「そうですか？　これがこの都市の日常です」

「そうなんだ……」

王都の建物は、三、四階建ての建築物が多いようだ。マディアでは一般的な建物はせいぜい二階建てまでなので、街並み自体がとても高くて少々圧迫感がある。

レイスの隠れ家の三階建てが特別だったのではないらしく、そうした観察をするのも興味深い。自分の中の知識が少しずつ更新されていくのが楽しかった。

とはいえ、心に引っかかりがないわけではない。

最も気になっているのは、船の上で別れてしまったクマルの行方だ。

海賊船に襲われたマディアの船は、操舵《そうだ》の機能を失って漂流しかけたところをラスィーヤ海軍に救われたのだという。それからキリルたちはシオンが『海の狼』に攫われたことを突き止め、彼らの隠れ家のあるフローシアを強襲したのだった。

クマルのことは真っ先にザハールに尋ねてみたが、さすがに彼は乗組員の生死までは把握していないらしく、その点は回答をもらえなかった。

「皇帝陛下にはいつ謁見《えっけん》できるのですか？」

「明日にでも」

ザハールがさらりと答えたので、さすがのシオンも目を剝いた。

「明日……？」

いくら何でも、都に着いた翌日というのは疲れている。何日か休養日をくれてもいいのではないか。

こちらだって、心の準備というものがある。

「陛下の予定は常に詰まっておられます。来月には即位式が控えておりますから、その準備にも追われておいでです」

「そうですか……」

シオンは今から緊張が込み上げてくるのを感じ、大きく深呼吸をする。それから気分転換に再び窓の外を見やると、たまたま通りかかった場所は空き地になっていた。

「ここは？」

「師団の訓練場所です」

つまりは軍隊のための場所だ。

「もともと、これから向かう離宮は、陛下が軍事教練をご覧になる際に滞在される場所です」

「そのためだけに離宮を作ったんですか？」

「師団の訓練は年に三回行われます。かなりの規模であり、多額の予算が計上されています」

「陛下は戦争を望んでおられるの？」

「それは私にお答えできることではありません」

ザハールは素っ気なく告げる。

「さて、もうすぐ離宮に到着いたします。本日はゆっくりお休みなさってください」

「ありがとう」

シオンが滞在を許された離宮は、王宮から馬車で三十分ほどの距離だという。山の上からは、町中にある白亜の宮殿がよく見えた。

あそこにキリルがいるのだ。

そう思うだけで、胸が震える。

緊張だけでない何かがシオンを突き動かしそうになるのだ。


……昨日は、結局よく眠れなかった……。

馬車から降りたシオンは、欠伸《あくび》を嚙み殺す。

昨日は遠目に見るばかりだった宮殿は、外観だけでなく内観も素晴らしいものだった。少し地味だと思ったのは玄関ホールくらいで、その玄関すら入り口が五つはあるのだとか。曰《いわ》く、皇帝陛下用の玄関、その家族のための玄関、貴族のためのもの、それから外交のためのもの、などなど。

廊下には毛足の長い絨毯《じゅうたん》が敷かれ、ふかふかしている。歩くだけで足が埋もれそうだったし、マディアの装束は金糸銀糸の縫い取りをしていてもあまりにも簡素で、これでは礼を失していると誤解されないかと不安にもなった。

　もっとも、初対面の際にキリルの腕に飛び込んだのだから、それ以上の非礼はないのかもしれない。

　廊下を装飾する巨大な壁画は歴史画のようで、戦争の光景が何枚も描かれていた。

「こちらです」

　ザハールは勝手知ったるという様子で、シオンを案内していく。

「この絵は？」

「油絵ですね。二百年ほど前に、我がラスィーヤがトゥルクの侵略を打ち破ったときの記録です。ここ最近で、最も大きな戦いとして記録されております」

　相変わらず、ザハールの説明には淀《よど》みない。

「ザハールは何でも知っているんですね」

「陛下のご命令で、知識の習得に励みました」

　彼は顔色一つ変えずに答える。

「どういう意味？」

「シオン様は好奇心旺盛で何でも知りたがるお方なので、事前の準備を惜しまぬようにと私に命じられました。それで、一年の準備期間をいただき、さまざまなことを習得いたしました」

「そうだったんですか……」

　シオンは驚きに目を瞠った。

「ありがとう。だから私にいろいろ教えてくれるんですね」

「それは……その、ええ……まあ……職務ですので」

珍しくザハールが言い淀んだのは、こういう褒められ方に慣れていないせいかもしれなかった。

「ともかく、お急ぎを」

「あ、ごめんなさい」

折角ザハールが一番謁見の間に近い玄関の前に馬車を停《と》めてくれたのに、この調子でのろのろしていては時間がなくなってしまう。

やっと正式にキリルに会えるのだ。

会いたいような、会うのが怖いような。

このあいだは戦いの昂揚《こうよう》の最中に出会ったから、お互いに自己紹介くらいしかできなかった。

けれども、こうして冷静になったときに、キリルがどんな反応を見せるかわからない。

冷厳な皇帝という前評判どおりであるのなら、シオンに対しても一線を引いてくるだろう。

それはそれでかまわないが、少しでいいので二人きりで話をさせてもらいたかった。

「こちらです」

二人の到着を待っていた黒服の侍従が恭しくドアを開き、シオンに通るように促す。途端にぱっと光がこちらに差し込み、あまりの目映さに目を細めた。

「わ…」

皇帝陛下の謁見の間は、思っていたよりも広々としていた。数段高い位置に玉座がしつらえられており、入り組んだ彫刻がなされた金と黒の椅子は一際目立つ。玉座は金を基調にしており、彫刻で龍《りゅう》の姿や蔦《つた》、花々が彫り込まれていた。

さすが、大国のラスィーヤにふさわしい絢爛《けんらん》たる玉座だった。

がらんとした空間ではあったが、装飾がないわけではない。むしろ、窓や天井、床などあちこちに細かな意匠が施され、特に天井の寄せ木などは手が込んでいて見事だ。ここに多くの人々が詰めかけても邪魔にならぬよう、玉座以外のものは排除してあるのだろう。

シオンたちとは少し離れたところに、でっぷりと太った男性たちが陣取っている。皆、ザハールよりもずっと年上で貫禄《かんろく》があり、服装はいかにも豪奢だった。

「あちらの方々はどなたですか？」

シオンがこそっとザハールに耳打ちすると、彼はちらりとそちらを一瞥《いちべつ》した。

「内務大臣、外務大臣、それから軍務大臣です」

「偉い人ばかりですね」

まるで値踏みされているような目線でじろじろと観察されて、シオンは頬を赤らめる。

「あの女性は？」

「後宮長ですよ」

「そう……」

黒髪に黒目の女性はすらりと背が高く、シオンから見ても素晴らしい美女だ。彼女はシオンをじっと見つめてから、ややあって、興味がないという様子で視線を逸らした。

何か話しかけたほうがいいのだろうかと思ったが、心臓がばくんと震えたのを感じて思わず胸元を押さえる。

「シオン様？」

異変に気づいたザハールが耳打ちしたが、シオンは小さく首を振った。

鼻孔《びこう》を擽るこの匂い。

圧倒的な強さを持つ、アルファの気配。

「皇帝陛下のおなりです」

侍従の声にはっと身を震わせ、シオンは絨毯に跪《ひざまず》いて頭《こうべ》を垂れる。ザハールも同様で、シオンは指先が緊張から冷えてくるのをまざまざと実感していた。

宮殿に足を踏み入れた頃から意識していた芳醇な気配が、いっそう濃厚になる。じわりと体温が上がり、指が痺れてくる。動悸《どうき》すらし、顔が熱い。

それから、人が入ってくる気配があった。

「長旅ご苦労だった」

朗々たる声。

「予がキリルだ。顔を上げよ」

キリルの声には、微《かす》かな笑いが含まれているようだ。そのあたたかみのある声に促されるように、シオンは自然と面を上げていた。

「はい」

火照った顔は、きっと真っ赤になっているだろう。それを見られるのが恥ずかしいが、逆らうわけにはいかない。

のろのろと面を上げたシオンの視界には、黒い裾の長い衣を身につけ、金の王冠を被った青年の姿が飛び込んできた。

白い手をわずかに振り、キリルが「こちらへ」と命じる。

「いいえ……」

跪いたまま思わず一歩後退ったのは、今の己には理性を保てる自信がないからだった。しかし、ごく間近にいるザハールが息を呑んだのでシオンははっとした。

微かなざわめきが、大臣たちのあいだにも広がる。

とんでもない真似をしてしまった。

シオンは皇帝陛下の意向に逆らったことになるのだと気づき、我ながら血の気が引く。

「かまわぬ。こちらへ」

「………」

さすがに二度断るのは不敬にあたると覚悟を決め、ふらりと立ち上がったシオンはキリルに近づく。

ああ、なんて素敵な匂いなんだろう……。

半ば倒れるようにして、シオンは彼の足許《あしもと》にひれ伏した。

本当は縋りついて、彼の体温をより身近で感じたかった。圧倒的なまでの雄の気配を、より近くで味わいたい。だが、欠片《かけら》だけ残された理性がそれを邪魔するのだ。

「そんなに遠慮するのは、君らしくない。——シオン」

おまえでもそなたでもなく君と言われたと認識した次の瞬間、躰が勝手に動いていた。

「キリル……！」

差し伸べられた手すら無視して彼の胸に飛び込み、シオンはその広く逞しい胸に顔を埋めた。

ザハールを含め、大臣や後宮長といったその場にいた数少ない人々のあいだに動揺が走ったようだが、そんなことは今のシオンにはどうでもよかった。

ああ、この匂い。この熱だ。これを欲していたのだ。

こんな風に触れるだけでは、足りない。

キリルに抱かれたい。灼熱《しゃくねつ》の如き情熱を体内にねじ込まれて、自分の腸を存分にその精液で満たしてほしい。

そんな想像をするだけで下腹のあたりが熱く疼き、己の花茎が蜜に濡れていくのをなまなましく感じた。

自分は、いったいどうしてしまったのだろう……。

頭の中が、浅ましい欲望でいっぱいになっている。

誰よりもこの人が欲しくて、欲しくて、欲しくて。

「以後、シオンは我が寵姫《ちょうき》だ。子をなせば、正式に后《きさき》として迎える。何があろうと、手出しすることはまかりならん」

キリルの堂々とした声が広間に響き、人々が姿勢を正す気配が伝わってきた。

后だって……？　自分が？

それはいったい、どういうことなのだろう。

何もかもが信じられなくて、頭がくらくらしてくる。

「何だ、そなた。もう立っていられぬのか」

笑みを含んだキリルの声が鼓膜を擽り、シオンはこくこくと頷いた。

「少し休んだほうがよかろう。――床はしつらえてあるか？」

「はい、陛下」

凜とした女性の声に、キリルは「気が利くな」と笑う。

「では、行くぞ」

キリルはそう言うと、シオンを軽々と抱き上げた。さすがに驚きに声を上擦らせ、シオンはキリルの襟を摑む。

「あ、あのっ」

「これ以上予に逆らうな。そなたとて、逆らうためだけに来たのではあるまい？」

「はい……」

頬を染めたシオンはこくりと頷いた。


初夜――夜ではないのだが――の褥《しとね》は、既に美しく整えられていた。天蓋《てんがい》からは薄い生布カーテンが垂れ下がり、寝台にも床にも花が敷き詰められている。

側室になる覚悟を決めてきたはずなのに、ここで何が行われるのかを想像すると、恥ずかしくなってしまう。

「恐れながら、陛下。申し上げなくてはならぬことが、あります」

床に跪き、シオンは指を突いて頭を下げる。

「おおかたの想像はついている。レイスがそなたに触れたのだろう？」

「――申し訳ありません」

空気がぴりっとしたものを帯び、シオンは怯《おび》えて顔を上げられなかった。

「そなたの出国について、情報が漏れたのは私の落ち度だ。そして、レイスが私に刃向かうのもまた私の不徳のいたすところ。私のせいで、そなたにはつらい目に遭わせてしまった。すまなかった」

キリルがどこか悔しげに告げたので、シオンは俯いたまま首を横に振った。

「陛下以外に穢され、おめおめと生き存《ながら》えるつもりはございません。ですが、自害をしたくとも私はマディアの王族であり、此度《こたび》の即位式は国賓として招かれております。一目お目にかかって詫《わ》びなくては、責も果たせません。死罪でも自害でも、すべて受け容《い》れるつもりで参りました」

躰は熱く蕩けそうだが、それでも、何とかすべてを言い切った。

この状況であっても、アルファに反応している自分の肉体が忌まわしい。

早くこの場を辞して、一刻も早く正気に戻りたかった。

「私は己のつがいを死なせるつもりは毛頭ない」

「つがい？」

そういえば、あの晩もそう言われたような。

あれは夢か幻か聞き間違いではないかと思っていたが、そうではないのか。

「そなたとは少し話をしなくてはならぬな。耐えられるか？」

「…………」

自分の躰の状態のことを言われているのだと気づき、シオンは舌を噛みたくもなったが、必死で「はい」と震える声で答えた。

「ならば、顔を上げ、こちらへ座るがよい」

「……はい」

シオンは面を下げたまま、寝台の端に腰を下ろす。

それから、キリルは寝台の傍らに置いてあった瓶からグラスに酒を注ぎ、それをシオンに手渡した。

「飲め、多少は落ち着く」

「ありがとうございます」

琥珀《こはく》色に近い液体はとろりとしていて、仄《ほの》かに甘い香りが漂う。小さなグラスを捧げ持って口に運び、くいと飲んでみた。

「美味《おい》しい……」

甘い果実酒は、舌の上で蜜のように蕩けた。

「強めなので、あまりたくさんは飲まぬように」

「はい」

そんな注意をされて、シオンは神妙に頷いた。キリルは威厳があるうえに年上なので、立場を考えても、こうして助言をされることも当然のことのように思えてしまうからだ。

「レイスと私の母は、同じヴォスタンという小さな村の出身だ。母はそれぞれに評判の美しい姉妹で、乞われて側室に入ったのだ」

ヴォスタン……聞き覚えのある地名だった。

そして、キリルは自分のことを『私』と呼んでいる。おそらく、彼が素の顔を見せてくれているのだと気づき、シオンはほっと緊張が緩むのを実感した。

「意外に思うかも知れぬが、私とレイスは幼い頃はたいそう仲がよかったのだ。それこそ、レイスに頼んで外遊を代わってもらうくらいにはな」

「外遊？」

「そう、あちこちに行ったものだ。無論、レイスの振りをしてマディアを訪れたこともある。髪を染めてレイスのように振る舞うのは、なかなか面白い体験だった」

「じゃあ……」

あのとき、マディアの王宮で巡り会ったのは、やはり、キリルだったのか。

道理で、ところどころでレイスが胡乱《うろん》な反応を示すと思っていた。それは過去を忘れてしまったせいかと考えていたが、別人だったのであれば納得がいく。

「そうだ。夢のように美しい人に出会ったと、帰国してからレイスにさんざん自慢したものだ。そのせいで、レイスはそなたのことをよく覚えていたようだ。それもまた、善《よ》し悪《あ》しだな」

キリルは肩を竦めた。

「レイスと二人、私はさまざまなことを学んだ。あれは単純なところはあるが頭がいいし、何よりも私と違って人を惹きつける明るさがある。宰相としてこの国をともによくできると思っていたのだが、私が父の——前《さき》の皇帝陛下の補佐役になったばかりの頃、陛下に進言してヴォスタンをラスィーヤに併合したことで、レイスは私を憎むようになった」

「ヴォスタンはラスィーヤの領土ではなかったのですか？」

思わずそう尋ねてしまうと、キリルは少し表情を硬いものにした。

「最初は自治領として編入された。ヴォスタンの議会の連中は、ラスィーヤからもトゥルクからも上手く距離を取って独立しようとしたが、どっちつかずが一番まずい。交通の要衝というほどではないが、国境沿いの地域は大国の思惑に左右されるものだ」

彼の声は心地良く、さらりと耳に届く。

「ラスィーヤのような広大な国家は、どうしても鄙《ひな》には目が行き届かない。時が経つにつれ、衰退する地域も少なくはない」

「だから、侵略したのですか？」

強い言葉を使ってから、しまったと思い直した。キリルの目から見ればそれは侵略ではなく、正当な理由があるのだろう。

「彼《か》の地の文化が滅びていくのは、忍びなかった。ヴォスタンだけではなく、そうした貧しい国々がラスィーヤの周辺には多い。滅びゆく文明を切り捨てるよりは、もう一度機会を与えたかった。だが、それは彼らが滅びる自由すら奪い、無意味な延命を押しつけたと受け取られるかもしれぬ。私の所行がいかなるものであったかは、後世の人々が判断するだろう」

思わずシオンが押し黙ったのを見て取り、キリルは「すまぬ」と笑う。

「ともあれ、それが気に入らなかったレイスは王宮を飛び出し、海賊になった。無論、それは表向きで、各地に寄港しては、私に叛乱を起こすための組織作りをしている」

「そこまでお気づきだったのですか」

「各地には皇帝の耳、皇帝の目がいる。妙な動きがあれば、すかさずこちらに情報が届く。とはいえ、レイスは我が兄弟の中でもかなり優秀だし、乗組員の多くは、レイスに賛同する貴族の子息だ。皆学があり、それなりに有能だ。あちこちに拠点を持っていて、どこを選ぶかは容易にはわからないのだ」

キリルは小さくため息をついた。

そうか。

だから、皆、本を読むのが好きだと言っていたのか。レイスの船の乗組員たちの規律の取れた様子も、育ちのよさから来るものであれば納得がいった。

「その才を国のために使ってくれればよいのだが……ああ、睦言《むつごと》にもならぬ、つまらぬ話をしてしまったな」

苦笑するキリルの姿に、シオンはかつての彼を見出していた。

少年の日、目を輝かせながら世界を見たいと語ったあの人のことを。

「いいえ……お聞かせいただけてよかった。私は、あなたがどんな人か知りたかったのです」

「私を？」

「はい。噂ではとても厳しくて、金狼帝とも呼ばれるほどに戦争が好きだと聞いていたけれど、それが本当なのかは、この目で見るまでわからないと思っていました。だから、こうしてあなたと話をできてとても嬉しい。あなたがどんな人か……少しでも理解したいのです」

それを耳にしたキリルは目を瞠り、そして、微かに頷いた。

「やはり、そなたは私のつがいにふさわしい人物だ。この目に狂いはなかった」

「空船のために、私を呼んだのではないのですか？」

「レイスにそこまで聞いていたのか」

キリルは息をつく。

「そなたの言うとおり、この国は空船を必要としている。そのために、秘密裏にマディアから技術を教わってきた」

「どうしてですか？」

尋ねていいか不明であるものの、つい、食いついてしまう。すると、キリルはおかしげな顔になってシオンを見渡した。

「これほどまでに広い領土だ。馬や船で移動するのでは、時間がかかりすぎる。空船があるからこそ、マディアとの関係を強化したかった」

「…………」

「だが、それはただの言い訳だ。マディアの協力のおかげで空船の技術的な解析は進んでいるし、あとは燃料の問題をどうにかするばかりだ。私は君が欲しかった。それだけだよ、シオン」

キリルはおかしげに笑うと、シオンの髪を一房掬《すく》ってくちづける。それから、顎から耳にかけてをゆったりと舐めた。

「ッ」

それだけのことで、全身に甘い刺激が駆け抜ける。

こんな感覚は、初めてだ。

「ん…」

今までに覚えのない不可思議な波が躰を浸し、自分をそのまま攫われてしまいそうだ。不安になったシオンは思わず口を押さえ、自分の声が溢れないように努めた。

「やっと堅苦しい話を終わりにできた。そなたももう話したくはないのだろう？」

「違い、ます」

「では、どうした？」

「それは……その、自分でも変で……」

変だとわかっているのに、自分で自分を制御できない。

今もこうしてキリルが自分を見つめて髪を弄んだり、指の背で頰を撫でたりしているだけなのに、とくとくと蜜が溢れて性器を濡らしていく。

全身が昂《たかぶ》り、頭の中が欲望に支配されていきそうで怖い。

「あのとき、私はそなたを嚙んでしまった。そなたをつがいにしたのだ」

「あれで……？」

驚いたシオンは、右手で左肩に触れる。

かつて彼が嚙んだのは、このあたりだったはずだ。疵痕《きずあと》も何も残らなかったけれど、そんな意味があったのか。

「そうだ。おかげで、私にはフローシアでもそなたの匂いがわかった。だから、夜であってもそなたをすぐに見つけられたのだ」

つがいだけがわかり合う、その匂い。

この宮殿に立ち込めている甘い匂いは、キリルのものだったのだ。

「そうか……それで、あのときの私が発情期でも平気だったんですね」

思わずシオンは呟く。

「勝手に噛んだことを怒っていないか？」

「いいえ。とても嬉しくて、信じられない。あなたをずっと、忘れられなかったから……」

「そうか。ならば、痕を見せよ」

言われると逆らうことはできず、シオンはするりと自分の着物を脱いで両肩を露にさせる。

「やはり、何も残っていないな。噛み方が弱かったせいか。だが、そなたを呪縛するには十二分だったようだな」

キリルの指が、撫でるようにシオンの肩を線を辿る。それだけで頭がおかしくなりそうなほどの熱が込み上げてきて、シオンは躰を捩《ひね》った。

「あ…ッ……」

まるで熟した果実から蜜が溢れるように、躰の中心から熱が湧き出てくるようだ。既に足は汗が滲み、衣を上手く捌《さば》けない。

「愛らしい声だ。これだけで感じるのは、オメガゆえか？」

「……あなただから……」

息が弾まないように気をつけながら、シオンは羞《は》じらいつつ告げた。

「そうか……それゆえに、斯様《かよう》な匂いを出してくれているのか。それは、私を何よりも酔わせてくれる。どんな香油でも、酒でも、ここまで馨しくはない」

彼はそう囁《ささや》いて、シオンの肩に顔を近づけると改めて嚙みついた。

「ッ！」

鋭い痛みがあったのは一瞬で、ややあってそれは疼きにも似た甘い感覚に変わっていく。

気持ちが、いい……。

そして、全身が悦びを感じている。

嬉しくてたまらない。つがいに再会できたことが。

「これだけで濡れるのか」

感心したようにキリルは呟き、下着越しにもそうとわかるほどにできてしまった、大きな染みを見やった。

「そなたの扱いには気をつけなくては、すぐに壊してしまいそうだ」

「壊して……」

うっとりと告げたシオンは、手を伸ばしてキリルの頬のあたりを辿る。

「壊して、あなたで」

「壊すわけにはいかない。私にはそなたを愛《め》でるという大事が残っている。ここで壊してしまっては、十年も待った意味がない」

真剣な面持ちでそう言われるだけで、熱いものが全身を駆け抜けていった。自分でもはしたないと思うほどにそこは反応し、花茎はすっかり勃《た》ち上がっている。それを見られるのが恥ずかしいけれど、キリルの鋭い目からは隠し通せない。

「そなたの馨《かぐわ》しさがいずこから生まれるのか、どうしても知りたくなる。罪深いな」

キリルは残されていたシオンの衣をすべて剝ぎ取り、とうとう全裸にしてしまう。そして、既に先走りの蜜で濡れているそこを見下ろし、掌で包み込むようにゆっくりと撫でてきた。

「あっ！」

それだけで雷撃のような感覚が全身を駆け抜け、シオンは白いものを放っていた。

「ごめんなさい……！」

粗相をしてしまったのだと蒼《あお》くなるシオンに、キリルは「かまわない」と首を横に振る。

「そこまで感じてくれるとは嬉しい限りだ」

「だ、って……だって、待って……」

じくじくと躰の奥が疼き、そこに欲しくてたまらなくなっている。

挿れてほしい。貫いてほしい。自分の中に、キリルにしか埋められない隙間があることを知ってしまった。

それを満たせるのは、この世界にはつがいしかいないのだ。

「そなたはここまで綺麗だな」

「あ…ッ……ん……」

指先で性器のかたちを確かめられるのは、ただの戯れだ。そうわかっているのに、また熱波が全身を襲う。

キリルが指を動かすたびに、蜜が溢れてしまう。水音を立てながら、くちゅくちゅと手を動かされると、全身に熱い感覚が広がっていく。

「あ……あ、ん……だめ……あ、あ…ッ……」

耐えかねて絶頂に達し、シオンはキリルの手の中に再び精を放ってしまう。

「申し訳ありません……」

シオンは耳まで赤くなって謝罪を口にしたが、キリルは「かまわぬ」と答えた。

躰の毛穴という毛穴から汗が噴き出しているようで、全身がしっとりと濡れている。躰に力が入らず、シオンは震えながら天井を見やるほかなかった。

「信じられないな……オメガとは、こんなに感じやすいのか」

感心したように言うキリルは指先に伝う精液を口に含む。

「——これすらとても馨しい」

「いや……やだ…恥ずかしい、です……」

シオンは頬を染めて自分の顔を両手で覆い隠したものの、「顔を見せよ」とキリルに促される。

「だって」

「可愛いよ、シオン」

上体を倒したキリルが唇を押しつけてくる。

「もっとそなたが達《い》くところを見たい」

達く……？

ああ、こうして上り詰めていく感覚のことを指すのか。

「ん……むう……」

入ってきた舌に驚いて逃げ惑い、とうとう顔を覆っていられなくなったシオンは、キリルの首に両腕を回す。躰が密着すると、途端に下腹部の衣越しにキリルの熱を感じる。

あ……。

これで、貫かれたい……。

頭の片隅に追いやっていたはずのそんな欲望が込み上げてきて、シオンの心臓がばくばくと脈を打ち出す。

キリルのものが、欲しい。早く、自分の中に入ってほしい。ここに入り込んで、花園を荒々しく蹂躙してほしい。

「ん……ふ……」

欲しい……。

波濤《はとう》のように次々と押し寄せるその欲望に耐えかね、シオンはうずうずと腰を左右に振り、ぴたりとくっついている性器の熱を少しでも多く感じようと試みた。

「悪戯が好きなようだな」

それに気づいたキリルが低く笑うと、その息さえも耳に触れてぞくぞくと甘いものが込み上げてくる。

「早く……」

シオンが甘ったるい声でねだると、キリルはそこで漸く自分の衣服を脱いだ。全裸になったキリルの見事な体軀《たいく》に、シオンはこくりと息を呑む。

「私に見惚れているのか？」

からかうように言われたけれど、隠すこともできずに「はい」とシオンが頷く。

「本当に、可愛い姫君だ」

微笑んだキリルはシオンの腿に軽く触れ、膝を折るように促す。シオンはそれに従い、大きく脚を開いて秘所が拡《ひろ》がるようにした。

自分でもそうとわかるほどに、昂奮している。

欲しい。欲しくて、たまらない。

キリルにここを埋められたい。彼に噛まれてから自分の中にできてしまった空白は、きっとキリルにしか埋められないからだ。

だから。

「あ……あ、あ……ふ……」

尖端《せんたん》が触れた途端、ずぷっという感覚とともに異物が入り込んできた。

泣きだしそうだ。

痛みではなく、この気持ちは強い歓喜だった。

「痛いか？」

シオンの目尻に涙が浮かんでいるのに気づき、キリルは一度動きを止めた。

ばくばくと心臓が激しく脈打っている。

「う、ううん……きもち、いい……です……」

こんなに大きなものが中に入っているのに、すごく、気持ちいい。尻が裂けてしまうのではないかと思うほどの痛みを与えられても、それを打ち消すほどの快楽で心身がいっぱいになっている。

「もっと、奥に入ってもよいか？」

そうして尋ねてくれるキリルの優しさが、愛《いと》おしい。

「はい、もっと……あ、そこ、何か……」

「ん？　ここがどうした？」

「…そこ……いい、いいっ……」

とうとう耐えかねてまたしても絶頂を極め、シオンは射精していた。引き締まったキリルの腹を穢してしまうが、恥ずかしさよりももっと快感が欲しくてたまらない。

「今の……何で……」

「ここにそなたの快楽の芽があるのだろう。これを育ててやってもよいが、どうする？」

「…もっと、奥…まで…」

できる限り奥まで入り込んでほしい。そして、熱い体液で腸をじっくりと満たしてほしいのだ。

「このあたりか？」

更に深々と性器を埋められる。

「ああんっ！」

全身に刺激が走り、脳が焼けつくようだった。

シオンは振り落とされないように懸命にキリルの腰に足を巻きつける。背中に必死で摑まり、秘肉でぴっちりと嵌《は》まったものを締めつける。

「きついな……」

「ごめ、なさ……でも、よく、て……すご……」

よくて、よくて、自分でも何を言っているかわからない。

「ほし…です……熱いの、して……出して……」

「私の種が欲しいのか？　そなたならすぐに孕みそうだが」

低く笑われると、その振動すら躰に響いてつらい。自分の奥底で、キリルと繋がり合っているのが実感されるからだ。

キリルの子種をもらえるのかと思うと、シオンの躰はぞわっと鳥肌が立つような感覚に襲われた。

欲しい。キリルの精液でお腹《なか》を満たされたい。

そして、キリルの子供が欲しい。

それは生存本能にも似た、苛烈な欲求だった。

「ほ、ほしい……孕むの、ください……っ……」

ねだるだけで悦びが溢れ、シオンは軽く達してしまう。

頭が真っ白になる。

汗ばんだ躰でキリルにしがみつくのは不敬かもしれないけれど、こうしていないと現実からも振り落とされそうで。

「……ならば、そなたに注いでやろう。我が種を受け止めるがよい」

腰を突き込むキリルの動きが速いものになり、シオンはそれに翻弄されてただただ喘《あえ》ぐ。

「ん、あ、あっ、キリル、キリル……」

そうしていないと、躰の内側に溜まった快楽が、自分を壊してしまいそうだった。

「はあ、あ……あん、やうっ、だめ……だめ……」

おかしくなってしまう。こんなことをされていたら、壊れてしまいかねない。

「そんなに締めるな」

「わ、かん…ない……ごめ、なさい……」

「それでよい」

締めつけるなと言われたところで、何が何だかわからない。ただ、こうしてキリルが与える熱と律動を感じているだけで、幸福感が込み上げてきて。

全身が燃えるように熱くなる。

「ここは、よいか?」

「あ、あっ、いい、いい、いいっ…そこ、いい、ああんっ…!」

熱い……。

腸に熱いものを注がれたのがわかり、凄まじい幸福感にシオンはまたしても達する。

「大丈夫か?」

繋がったまま問われ、シオンはほわんと目許を染めて頷く。

「きもちよかった……」

まだ現実に戻れずに、ふわふわとした気分のままシオンは言った。

「そのようだな」

「あの……あなたは？」

自分だけがこんなに欲望を貪っておいて、キリルが退屈していては何の意味もない。

「想い人を抱いてよくないわけがないだろう？　ほら」

既にキリルは兆しており、シオンの中でむくむくと大きくなっていく。

「え……また……？」

「そうだ。予とて狼の子孫だからな。子孫を残すことには長けている」

冗談めかして言うと、キリルは再びシオンを突き上げてくる。

精液を躰の中で掻き混ぜられているようで、熱が消えてくれない。

「アッ！　そこ、そこ……そこに、そそいで……」

それだけで頭が真っ白になり、シオンは尾を引くように甘ったるい声を漏らした。

5

こうして、シオンの後宮での暮らしが始まった。

当初は離宮に留め置かれると聞いていたが、一度肉体を繋げてしまうと、お互いに離れることは難しかった。

結果として毎夜どころか、昼となく夜となく彼に抱かれている。

宮殿は政務のための空間と皇帝の私的な居住空間および後宮が置かれている。ほかには図書館に宝物庫、庭園があると教えられていたが、訪れたのは未だに庭園くらいだ。

「陛下。法務大臣がお見えです」

ザハールの声にうつらうつらしていたシオンは目を開けかけたが、疲れすぎてそれも上手くいかない。

キリルとザハールは、衝立《ついたて》で隔てられた向こう側にいる。

執務室で戯れてしまい、長椅子に寝転んだまま動けなくなってしまったシオンのために、キリルが急いで休める場所を誂《あつら》えてくれたのだ。

「無粋だな。予が未来の后と戯れる暇《いとま》も与えぬつもりか」

「シオン様はキリル様お一人のものですが、キリル様はシオン様お一人のものではありません。少しでも仕事をお休みになれば、周囲が困るのは当然です」

「まったく、厳しい男だ」

キリルはため息をついた。

今日は王のための図書館に自ら案内してくれるという約束だったが、この部屋で朝の挨拶代わりにキリルにくちづけられただけで腰砕けになってしまった。そのうえキリルが戯れにあちこち触ってくるものだから、まるで立てなくなってしまって。

あの長く美しい指をシオンの中に差し入れ、キリルは低く麗しい声で命じたのだ。

――予を欲しがってみよ、と。

命令であるのならば仕方ないと、シオンははしたなくも自ら足を大きく開いてキリルを誘った。

キリルに抱かれるまで、この世の中にこんな快楽があるとは知らなかった。これがレイスの言う生きる喜びであるのならば、それも正しいとさえ思えるほどに。

「陛下。先日お決めになった死刑の件ですが」

「それが何か？」

死刑という恐ろしい言葉に、シオンは震え上がる。

マディアではもう何年も前に、死刑制度は廃止されていたからだ。

「あまりにも厳しいのではないかと、不満の声が上がっております」

「貧しさゆえに、領主を襲ったものたちを許せと？」

　ラスィーヤでは各地の農地を所有するのは王に権利を与えられた貴族たちで、彼らが領主として税を取り立て、一部を王に収めている。地方の政治は領主に任せられており、政治の方法は地方によって違う。中には、領主を議長とした議会を持つ地方もあるのだとか。

「ここで彼らを許しては、法の意味がなくなる。たとえどれほど理不尽であっても、法を守らねばならぬ。予とて、民のために領主を襲えば死罪になるであろう」

　滔々《とうとう》と述べる言葉はどこにも間違いはないが、シオンはぞっとした。

　これが、金狼帝と名づけられたキリルの厳しさなのか。

「陛下のお言葉は正しい。陛下に法律をお教えした身としては、まことに嬉しく存じます」

　それでいて、法務大臣の台詞にはまるで喜びの情は込められていないようだった。

「ですが、性急な改革についてこられない者もいるのです。陛下の治世になり、締めつけが厳しくなったと感じるものが出ても仕方がありません。それこそ、レイス様のように……」

「――かもしれぬ。だが、予とて不滅ではない。改革に時間をかけすぎては、民の暮らしが落ち着く前に予の治世が終わるかもしれぬ」

「………」

　法務大臣はそれ以上何も言わずに、部屋から出ていったようだ。

「恐れながら、陛下。恩赦を考慮なさってもよいのではありませんか？」

躊躇いがちにザハールが切り出した。

「恩赦？」

「はい。即位にあたっての恩赦も必要ではないかと」

「……考えておこう」

さすがにその進言は悪くないと思ったらしく、キリルの態度は少しばかり軟化していた。

「それでは、私も失礼いたします」

「ああ」

ザハールも部屋を辞し、一人残されたキリルが長い長いため息をつくのを、シオンは夢現《ゆめうつつ》で聞いていた。

キリルと再会し、彼の寵《ちょう》を受けるようになったのは幸せだったが、だからといって問題が何もないわけではなかった。

クマルはどうしているだろう。キリルに尋ねてみたが、「調査はさせている」の一言で済まされてしまった。本国にいるクマルの家族たちは、さぞや気を揉《も》んでいるに違いない。

かといって、キリルはシオンを当面は外に出すつもりはないようだ。少なくとも、来月の即位式が無事に終わるまでは動くことはできないだろう。

幸福なのに、単なる籠の鳥として愛でられているようで、なぜだか胸の奥が爛《ただ》れたように疼くのだ。

それから数日経った朝食後のことだ。

キリルは外国の特使を迎えて忙しくしており、シオンは朝からひとりぼっちだった。如何《いか》にキリルがシオンを寵姫として扱うと宣言しても、正式のお披露目《ひろめ》は即位式が済んでからと定められている。それにはまだ日があり、シオンは特使の前に姿を見せることは許されていなかった。

「シオン様、こちらを」

ザハールが運んできたのは、莫大な数の書物だった。

「すごい……どうしたの？」

「王都の図書館から、キリル様が直々に選ばれたものです。本来ならばシオン様を直接お連れしたいとのことでしたが、暫くはままならぬと」

「かまわないです。ありがとうございます」

シオンは微笑んだ。

一人で外出したいといえば、そうでなくとも特使の警備に人手を割いているため、よけいな面倒をかけることになってしまう。

それに、この後宮の一室は、読書をするには最高の環境だ。

「それから――今宵はおいでになれないとのことです」

「そう、なんだ……」

キリルがここに来られないと知って、シオンは落胆に肩を落とした。けれども、ザハールは違った。

「ちょうどよいでしょう。シオン様も少しお休みにならなくてはなりません」

「えっ……あ……」

それはすなわち、夜の営みが多すぎると指摘されているようで、シオンは自分でもそうとわかるほどに赤くなった。

「そ、そうですね……」

シオンの反応に自分自身がとんでもないことを口にしたと悟ったらしく、ザハールもまた耳まで真っ赤になる。

「こ、これは差し出がましいことを申しました！　お忘れください！」

ザハールが平身低頭するものだから、シオンはもごもごと頷くほかなかった。

「では、何かありましたらお呼びください」

「暫く読書に没頭するので、気にしないでいてください」

「かしこまりました」

シオンが穏やかに言うと、ザハールはどこか嬉しげに微笑んだ。

——まいった……。

生真面目なザハールが口にするのも無理ないほど、シオンはキリルと躰を重ね続けていた。

再会のせいで発情期が来てしまったこともあり、シオンは自分でも驚くほど淫らになってしまっていた。キリルが欲しくて、欲しくて、いつも彼の前では蕩けてしまう。

幸い発情期は数日で終わったが、「情熱的に求めてくるそなたもよかったのに」とキリルにからかわれたほどだった。

シオンは自分の宣言どおりに暫し書物を読み耽っていたが、やがてそれにも飽き、少し歩き回ってみようと思い立った。後宮の中を散歩するくらいならば、特に問題はないだろう。

するりと扉を抜け出し、後宮の廊下を一歩踏み出す。

ラスィーヤの後宮は、面白い形状になっている。

二階建てで一階部分は中央に大きな円形のホールがあり、そこが玄関を兼ねている。

周囲には皇帝がくつろぐための広間が設計され、皇帝は気分や季節によって違うところを選ぶのだという。また、後宮内で祝宴などが開かれるときに使う空間だそうだ。

二階は中央から廊下が四方八方に伸び、それぞれの寵姫が一人ずつ暮らす房に繋がり、奥ではキリルの愛妾たちが住んでいた。

キリルは正式な王妃を娶ってはいなかったが、さすがに寵姫は数多いそうで、後宮には似た様式の建物が三棟はあるのだとか。ラスィーヤほどの広大な国で世継ぎがいないのは問題だし、寵姫が多いのは致し方なかった。ただし、キリルの世継ぎにはまだ恵まれず、寵姫たちは誰が先に孕むかを牽制《けんせい》し合っているのだという。

シオンは玄関ホールから外に出て、後宮の外観を眺めようと思い立った。後宮の中を歩き回っていて、誰かほかの姫君と会うのが面倒だったからだ。

実際には未だにほかの人と顔を合わせていないのだから、後宮はそれなりに上手く機能しているようだ。

「すっかり陛下のお召しがなくなってしまって、本当に暇ね」

「陛下は新しいもの好きですから、仕方がありませんわ」

頭上から年若い少女たちの話し声が聞こえ、シオンは思わず足を止めた。どうやら、誰かが露台で話をしているようだ。

「シオン様はたいそうお美しいもの、陛下が夢中になるのもわかるわ」

「しかも、喉から手が出るほど欲しがっていたマディア産のオメガでしょう」

マディア産のオメガという言葉に侮辱の響きを感じ取り、シオンは眉を顰める。

「そんなにいいものなのかしら？」

「さあ、でも、毎日お召しになっているということは、早くオメガの子を産ませたいんでしょう。陛下の血が濃ければアルファになるかもしれないけれど」

「あら、それならオメガと掛け合わせればいいじゃない」

棘《とげ》の籠もった口調に、底意地悪い要素を感じてシオンは唇を噛む。

「だめよ、オメガ同士は掛け合わせられないもの」

彼女たちはころころと笑った。

「いずれにしても、実験が終われば陛下もオメガには飽きるわ。そうしたら、いずれは私たちのところにもおいでになるでしょうよ」

「実験って、あなたが侍従に聞き出したあれ？　あれは本気なのかしら？」

実験……？

「さすがに陛下に伺うつもりはなくてよ。それで侍従が死罪になったら困るもの」

彼女たちは「そうね」とお互いに相槌を打つ。

「どのみち、顔が美しいだけのオメガなんて、ライバルでもないわ。ラスィーヤについては何もご存じないのでしょう？」

「政《まつりごと》の助言ができるわけでもないし」

「それは私たちも無理ですけど、縫い物はどうかしら？」

「レース編みは？」

「そうね、ただのオメガなんて、気にするだけ無駄なことだわ」

それから彼女たちの話題は町で流行っているドレスのデザインに移り、シオンは何ともいえない居心地の悪さを感じてその場をそっと離れた。

彼女たちの噂話がどこまで本当かはわからないものの、シオンがただ躰を開くだけの役立たずだというのは本当だ。

レイスを癒やしているといえば聞こえはいいかもしれないが、単に快楽に溺れているだけだ。そんなことは、シオンでなくてもできるではないか。

そう考えると、気持ちが一気に沈んできた。


——役立たずのオメガ……か。

「あーあ……」

昨日から、胸を塞がれるようにその言葉がどろどろと自分の中にわだかまっている。

おかげで、大好きなはずの読書にもまるで打ち込めない。

こんなことをしていても、役立たずである事実には変わらない。

そう言われているみたいで。

一人きりで部屋に閉じ籠もっているのがこんなに味気ないものだと、知らなかった。

いや、かつての自分は知っていたのだが、大人になってからは忘れていた。

今日もキリルは特使をもてなし、また、新しい条約を結ぶ交渉を円滑に進めるために冬の離宮に籠もっている。

ザハールの話によると離宮への往復にかなり時間がかかるらしく、あと三日は会えないだろう。

愛される喜びが大きければ多いほど、シオンの胸に引っかかるのはクマルの行方だった。

先日も寝しなにシオンはキリルに尋ねてみたのだが、行方はわからないのだという。

「レイスがクマルを捕らえている可能性はあるのでしょうか？」

「十二分にあり得るな。そなたに対する切り札と思っているのかもしれない」

長椅子にゆったりと腰を下ろし、シオンの銀の髪を撫でながら、キリルは告げる。

つまり、レイスが嘘をついてクマルを秘匿していた可能性も否定できないのだ。

「レイスと交渉はできませんか？」

「そうしてやりたいのはやまやまだが、今はつけ込まれるだけだ。それに、クマルを探すためだけにこちらからことを仕掛けることはできぬ」

「え」

シオンは表情を曇らせた。

「戦を望むとは、我が姫君は存外好戦的だな。だが、そなたを攫った咎でレイスを罰することはできぬ」

「なぜですか？　あれは罪ではないのでしょうか？」

自分にそこまでの価値がないせいだろうか。

「我が国には、そのような法がないからだ。ラスィーヤの法は、ラスィーヤの民にしか適用はされぬ。しかも、ラスィーヤの領土内で起こったことに限定される。海はラスィーヤのものではないので、レイスを罪に問うことはできぬ。喪が明けてそなたを正式に娶るまでは、そなたはラスィーヤの賓客であり、身分は未だにマディアの王族だ」

「案外融通が利かないのですね」

シオンはため息をつく。

キリルは法律を何よりも重んじており、それに基づいた運用を重視しているのは、先日の死刑談議からもわかっていた。

「そうは言うな。皇帝が好き放題にやっていては、人民の支持を失う。今のラスィーヤは、大きなだけの張り子の虎《とら》だ。それに命を吹き込むためには、基礎を固めねばならぬのだ」

想像していたよりも、キリルはずっと民を思っているようだ。

レイスとて、そこを知ればきっとキリルとわかり合えるはずだ。なのに、キリルとレイスが話し合いのテーブルに就く機会はないし、どちらもそれを認めないだろう。レイスはただただキリル憎しで突っ走っているように思えて、シオンはそれがひどく残念だった。

「しかし、そんなにもそなたを悩ませるとは、そのクマルという男には妬《や》けてしまうな。無事に助け出した暁には、酒でも酌《く》み交わしたいものだ」

「ご冗談を！」

シオンは慌てて首を横に振る。

「もとはといえば、そなたがあの男のことを案じるのがいけない。二心がないと言うのなら、私を誘ってみよ」

囁いたキリルが覆い被さってきたので、シオンは頬を染めて脚を開く。そこに雄を突き立てられる悦びを知った以上は、最早《もはや》、遠慮はいらなかった。

「誘う、とは……どうやって……？」

「そんな匂いをさせておきながら、私に抱かれたくないとはそなたも言うまい？」

わかっている。

抱かれるという甘い予感に胸は疼き、自分の花茎はとろとろと蜜を零しているほどだ。

「あの……ご奉仕を、いたしますか？」

抱かれるようになってから三日目にはキリルに口で奉仕することを覚え、全身で彼の快楽に尽くす術を学びつつあった。

「それでそなたが足りるのか？」

「ううん……足りません」

シオンが遠慮がちに首を横に振ると、キリルは「そうであろう」と頷く。

「素直になるがよい」

「…早く、挿れて……挿れて、ください……」

大きいのでここをいっぱいにされて、たくさん熱いものを注がれたい。

キリルのものだということを実感して、何も考えられなくなるくらいに可愛がってほしい。

シオンの頼む声を聞いて、キリルは微笑んだ。

「！」

昼下がり。

「……夢……!?」

うたた寝から目を覚ましたシオンはついつい呻《うめ》いてしまい、頭を抱える。

クマルの一件はともかく、自分のはしたないところまで思い出してしまったからだ。

頬が炙《あぶ》られるように熱いし、それ以上に、躰の中心が火照っている。

つがいに出会ったオメガというのがこんなに弱いものだとは、自分でも知らなかった。

あんなに可愛がられているくせにあんな夢を見るとは、欲求不満なのだろうか。してはいけないとわかっているけれど、自慰でもしたほうがいいのかもしれない。

でも、そうしたらまた匂いが濃くなってしまって、はしたない欲望に溺れていたところをキリルに見抜かれてしまいそうだ。

それはそれで恥ずかしい。

「はあ……」

今日はこれ以上考えてはいけない。

ため息をついたシオンが枕元に置いてあった本を手に取ると、そこには薄紙が挟まっていた。

「——あれ……？」

誰かが残した記録か手紙か何かだろうか。

だけど、昨日まではこんなものはなかったはずだ。どきどきしながらそれを何気なく開くと、そこには、マディアの言葉で文章が連ねてあった。

――クマル。

その文字を見出した瞬間、心臓がびくっと跳ね上がる。

『クマルの命が惜しければ、明日の夜、庭園の四阿《あずまや》に来い。このことを誰かに言えばクマルの命はない』

最後にはレイスの署名。

これは本物か偽物かという問題はあったが、偽物とは思い難い。というのも、この宮殿にいる人物でクマルとシオンの関係を知っているのは、キリルとザハールくらいだ。もちろん、クマル探索を命じられた人物はわかっているだろうが、その人物がマディアの言語を使いこなせるとは到底思えない。

ということは、これは脅されたクマルが書かされた可能性があるのだ。

「……ひどい」

シオンは唇を嚙み締めた。

そもそも、自分が彼をラスィーヤに連れてきてしまったのであれば、彼の命には責任がある。シオンこそが、彼を助けなくてはいけないのだ。

しかし、こういう脅迫状にこそ暗号でも仕込んでおけばいいのに、そんなことさえできない不器用さがつくづくクマルらしい。

漠然《ばくぜん》と広い世界を見たいと願うシオンを、ここまで守ってくれたのはクマルだった。ラスィーヤの地を踏めたのも、クマルがいてこそだ。

——なればこそ。

なればこそ、この脅迫状を無視する道だけは選べなかった。


「よいしょ……っと……」

昼間のうちに女官たちの目を盗んで予備のシーツを切り裂き、こうしてロープのように作り替えておいた。キリルとの営みに備えて、女官たちが何枚も予備を用意しておいてくれたおかげで、誰にも気づかれずに準備できた。もし、予備がなければ、シオンは抜け出す手段が見つけられなかったに違いない。

この時間であれば、ザハールは既に自室に下がっている。

部屋の外には護衛がいるものの、露台の下は見張りは置かれていない。これも、キリルが露台でシオンを抱くときに声を聞かれるのが嫌で、そこには誰も配置しないでほしいとシオンが訴えたせいだ。

キリルはそれを聞き入れてくれたので、露台の周りはいささか警備が手薄だった。

身動きの取りやすい軽装に着替えたシオンは、シーツを伝ってそろそろと地面に降り立つ。

レイスの要求が何かはわからないが、せめて、キリルとレイスの橋渡しめいたことくらいはできないだろうか。

王宮の庭園はそれは見事だが、さすがに夜のあいだは人気がない。もしかしたら逢《あ》い引《び》きに使う人々もいるかもしれないが、今宵はしんと静まり返っていた。

ここはマディアの王宮とは違っていて、木々の刈り込みに特徴がある。冬のあいだも緑を楽しめるようにところどころ針葉樹が植えられている。

そして、何よりも目を惹くのは大きな池と小川だった。マディアの庭園でも池を設置することはあるが、ここまで大がかりではない。

池の中では色とりどりの鯉《こい》が泳いでいて、とても愛らしかった。

おそらくキリルは、少年時代に語っていた夢を叶えたのだろう。

夜の庭園をキリルと二人で歩けるのであれば、それは神秘的で楽しいものになったかもしれないが、今のシオンにはそれを楽しむ余裕はなかった。

レイスは素直にクマルを渡してくれるだろうか。

外は冷え込みが厳しく、シオンは肩に羽織った薄布を二重にして躰に巻きつけた。

「よう、シオン」

四阿のベンチに腰を下ろしていたレイスは、ひらりと手を振る。それがまるで残像のように見えた。

「どうしてここに？　危険ではないの？」

「もともとここは、俺も暮らしてたんだ。勝手知ったる何とやら、だ」

レイスは余裕があるらしく、白い歯を見せて笑った。

「こんなところに忍び込んだと知られれば、おまえはキリル様に殺される」

「それはそうだが……おまえ、綺麗になったな」

「えっ!?」

いきなり妙なことを言われて、シオンは声を上擦らせた。

「やけに色っぽくなった。どれだけキリルに可愛がられてるか、わかる気がするよ」

直截な指摘に、かあっと頬が熱くなってくる。

しかし、ここで動揺させられてはシオンの負けだ。

交渉は冷静に行わなくてはいけない。

「そんなことを言うために呼び出したの？　クマルの話だと思っていたけれど」

「まさか」

おかしげにレイスは肩を震わせると、シオンのほっそりとした腕を摑んだ。

「俺もおまえが欲しいって言っただろ？　もう我慢はできない」

「どういう意味で？」

シオンが問い返すと、レイスは表情を引き締めて空を見上げた。

「キリルは、俺が何もできないと思っている。けどな、俺だってあいつに一泡吹かせたい」

「それは叛乱を起こすってこと？」

シオンの答えを聞いて、レイスは微かに笑った。

「おまえならきっと、俺を理解してくれる。俺に必要なのはそういう相手なんだ」

それは過剰な期待でしかない。

「だから、俺と来てくれ」

「だめだ」

自分はキリルのつがいなのだ。

「どうして」

「だって、レイスがどういう理想を持っているのか、私にはわからない。怖い人だと言うけれど、陛下は……キリルは民のことを思う、優しい人だもの」

「それはキリルのうわべに騙《だま》されているだけだ」

レイスが悔しげに言い切る。

「だいたい、ここに来てまだ一か月だ。それでキリルのすべてをわかった気でいるのか？」

「レイスとも、同じくらいの時間を過ごした。でも、レイスのことよりはキリルのことのほうがよくわかる」

「そういうことを言うのか」

吐き捨てるような、冷たい口調だった。

「おまえは空船を手に入れるための道具だって言っても、それでもキリルを信じるのか？」

「え？」

「あいつが欲しがったのは、あくまでマディア王室のオメガ。おまえ自身じゃない。そのことはキリルに聞いたのか？」

「それは……」

その話はレイスからは聞かされていたものの、キリルに対しては深く追及したことがなかった。

なぜだかキリルのまなざしが翳《かげ》るような気がして、怖くて深追いできなかったのだ。

「おまえだって、快感に流されてるだけだろ？　躰だけでいいんなら、俺にだっておまえを満足させられる」

言うなり、レイスはシオンをぐっと引き寄せると、腹に拳《こぶし》を打ち込んできた。

「……っは……」

ごほっと息を吐き出し、シオンはその場に膝を突く。

「さすがの俺もここじゃ手出しはしないから、安心しな」

息もできなくなったシオンの口にきつく猿轡《さるぐつわ》を嚙ませてから、ひょいと肩に担ぎ上げた。

そして、苦もなくすっと立ち上がった。

「まったく、一度おまえを攫った相手だっていうのに不用心だな。そこが可愛いっていうか、お人好《ひとよ》しなんだが」

そう呟いて、レイスは早足で歩きだした。

「どこ…」

どこに行くつもりだと聞きたかったが、猿轡のせいで声はろくに出なかった。

「黙ってろ」

涙の滲んだ目で揺れる地面を眺めていると、レイスが向かった先は庭園を流れる小川のようだ。

長い水草のあいだから小舟を引き寄せ、レイスはそれに乗り込む。

シオンの躰をそこに横たえると、ご丁寧に腕を縛ってきた。

「悪いな、おまえに逃げられるわけにはいかない。おまえがいないと、叛乱は成り立たない」

どういう意味だろう……？

「………」

確か、この先には水門があるはずだ。

どうやって脱出するつもりなのか。

船と一緒に隠されていたオールを握って彼が一漕《こ》ぎすると、途端に、小舟は滑らかに進みだした。

川を使うことを企図していた以上、レイスはその点は抜かりなかった。

水門は開け放たれており、小舟は一気に川の支流へ走り出たのだ。

「そうだ、言い忘れてたけどクマルは元気だよ」

レイスは酷薄な笑みを浮かべ、シオンの髪を撫でた。

——馬鹿な真似を、してしまった。

レイスに叛乱の準備が整っていたのであれば、そうでなくともラスィーヤは混乱に陥るはずだ。なのに、再び自分がレイスに捕らわれたのであれば、それは事態の悪化に拍車をかけるだけではないのか。

「いくらキリルがおまえに甘いって言っても、二度も攫われるってのはどうかな。俺とおまえが通じ合ってたって考えてもおかしくはない」

「！」

だが、それでも、クマルを捨て置くことはできなかった。

無骨な男だったけれど、彼ほど忠義に厚い人物がいなかったからだ。

「あー……やっぱり船は落ち着くな」

船上に戻ったレイスは満足げだったが、シオンはもちろん、不満の一言だった。

折角、陸地に戻れたのに、また船上での生活になってしまうのだ。

しかも以前と同じ船室は狭く、宮殿での広々とした暮らしを知っただけに苛立《いらだ》ちが募った。

「不満そうだな」

夜の甲板に放り出され、レイスに話しかけられたシオンは彼を睨みつける。

猿轡はとっくに外されていたが、海上では叫んでも役に立たないだろう。

「縄をかけて、私の意思に関係なくこんなところに連れてきた。それで機嫌良くしていられると思う？」

「その辺は、気の持ちようだよ」

レイスの声は相変わらず明るいのに、以前までと雰囲気が違っている。

「こっちだ、シオン」

縄を摑まれて、まるで咎人《とがにん》のように引き立てられてレイスの部屋へと連れていかれる。

「今夜はここで休んでろ。これから忙しくなる」

「陛下に刃向かうから？」

「そうだ」

「そうまでして、おまえが陛下に反発する理由がわからない」

「今更、それを聞くのか？」

肩を竦めるレイスは、それでも陽気になっている。彼自身の家ともいえる船に戻ってこられたので、安心しているのだろう。

「キリルは嘘つきだ。確かに高邁《こうまい》な理想もあるんだろうが、あいつは自分の望む政策のためなら、平気で嘘をつく」

レイスは一転してひどく冷たい顔つきに変わり、シオンを冷ややかに見下ろした。

「おまえのことだって、最初は騙してただろう？　マディアの王宮で、俺になりすまして、おまえに会ったはずだ」

「それは……」

「もう聞いてるだろうが、俺とあいつは腹違いの兄弟だ。俺はキリルと違って、十になるまではトゥルクに近いヴォスタンで育った。というのも、うちの母親はただの側室だったからな。躰を壊して故郷に戻ったあとに妊娠がわかって、こっそり俺を産み落とした。でも、跡継ぎが欲しかったから黙っていたんだ」

「黙って王子を産んだの？」

それはかなり大きな罪のようだが、ラスィーヤでは事情が違ったようだ。

「前の国王は女好きで、子供は多かったからな。だけど、流行病で俺とキリルを除くとほとんど死んじまった」

レイスは少し懐かしそうに瞬きをする。

「ヴォスタンは山岳地帯で、そのうえ痩せて貧しい土地だ。もともとはラスィーヤにもトゥルクにも属さない、まったく別の民族が暮らしているところだ。キリルはそこの民に兵士として国境を守らせる代わりに、独立の話を持ちかけた」

「独立……」

「長いあいだ、ラスィーヤとトゥルクの両国に干渉されてきただけに、独立はヴォスタンの民の悲願だった。もちろん、長老たちは一も二もなく賛成した」

それの何が悪いのだろう。

シオンは眉を顰めた。

「けどな、期限になってキリルは急に独立はあと十年待てと言い出した。十年なんて、年寄りだったら死んじまう。独立した国を見ることは叶わない。おまけに、独立の代わりに自治領にしようなんて言い出したから、ヴォスタンの連中は混乱して、キリルの思惑どおりに仲間割れを始めた」

「でも、そこには理由はないの？」

「あったとしても、約束を反故《ほご》にしていいはずがない。兵士たちは、命を賭けて国境を守ってるんだ。その報いが何もないなんて、許されるわけがない！」

レイスは吐き捨てた。

「それでもおまえは陛下を」

「信じてる」

彼の言葉を引き取り、シオンは強い口調でそれを掻き消した。

「信じている。あの人がいたから、私はラスィーヤに来られた。何も怖くはなかった」

それを耳にしたレイスの目に、影が過る。

その目を知っている。

かつて、マディアの兄弟たちから向けられたこの視線——憐《あわ》れみだ。

「おまえのことだって、あいつは利用するつもりなんだ」

「私を？　だって、マディアはそこまで利用価値がある国ではないのに？」

「そうじゃない。あいつの望みはオメガを増やすことだ。しかも、マディア産のオメガだ」

「意味がわからない……」

本気で理解できなかったので、シオンは言い淀んだ。

オメガとは恥ずべき存在ではないのだろうか。

それを増やしたいというのは、いったいどういう思惑があるのだろう。

「だからさ。キリルから、ヴォスタンの天使と狼の伝説を聞いてるんだろう？」

「それが何か？　ああしたものは、どれもがただの世迷い言だ」

そんなものに、あのキリルが惑わされるとは思えなかった。

「根拠が何もないと思うか？　ラスィーヤの山の頂には、大昔の箱船の残骸があるんだぜ」

「箱船が？」

さすがに有名な箱船の伝説は知っている。世界はかつて神の怒りを買い、神は人々を殺して地上を清算するために大洪水を起こした。その中で一人だけ神に選ばれて、箱船を作って生き延びた男がいる。それが実話だとは到底思っていなかったので、シオンは目を丸くする。

「ラスィーヤの科学は、マディアよりずっと進んでいるんだ。昔、王の命令でくまなくこの国を調査したおかげで、箱船も見つかったんだ」

「でも、オメガと箱船は関係ないよ」

「同じ船でも、空船のほうだな。マディアのオメガは、もともとは天使の先祖返りだ。だから、空船を飛ばすための力を生み出すことができるんだ」

「そうなの？」

シオンはきょとんとした。

「空船なんて、作るのも飛ばすのも大変なものでしょう。オメガを増やしたところで、意味があると思えないけれど」

「キリルの望みは、空船を使ってよその国を侵略することだ」

冷徹な一言に、シオンはぎょっとした。

確かに、キリルは空船を何に使うかは話してくれなかった。それは、兵器に利用するという後ろ暗い企《たくら》みのせいだったのか。

「おまえは、自分を戦争に利用されたくなんてないだろう？」

「それは、そうだけど……私には何の力もない」

「――つくづく憐れだな」

心底といった調子でレイスは呟いたので、その言葉がざらりとシオンの心臓を撫でた気がした。

「私が？」

「そうだ。何も教えられずにこの国に連れてこられて、ただ利用されるだけだ」

それがどういう意味なのか、わからない。

「俺がおまえを救ってやる。だから、おまえも手伝ってほしいんだ」

「何を？」

「叛乱に決まってるだろ。おまえがその旗印になるんだ」

言いながら、レイスはシオンをとんと突き倒した。寝台に勢いをつけて横たわるかたちになり、シオンは慌てて起き上がろうとしたが、彼はすぐにのしかかってくる。

「じっとしてろよ」

「よせ！」

さすがにシオンは抗ったが、体格の差は如何《いかん》ともし難い。

おまけに、腕は縛られていてろくに動けないのだ。抗おうにも舌を噛むこともできず、呆気なく着物の裾を乱された。

「嫌だ…嫌だ、いやだ！」

怖い。ほかの男にされるのだと思うと、不安から心臓が潰れそうだ。吐き気が込み上げてきて、体温が下がっていくのを如実に感じた。

「どうした？　おとなしくなったじゃないか」

くっと喉を震わせて笑ったレイスが、シオンの目から流れ落ちた涙を舐める。

「う…う……」

気持ちが悪い……。

くちづけられただけだというのに、ひたすら不快感だけが押し寄せてきて吐きそうだ。

「吐きそう……お願い、放して……」

「つがいの自覚ができたってわけか」

「………」

同意したらレイスが立腹しそうなので頷けなかったが、そういうことなのだろう。

「でも、大丈夫だ。俺にもちゃんとおまえを愉しませてやる」

レイスはそう告げると、サイドボードから何やら小瓶を取り上げた。

嫌な予感がして、シオンはその小瓶を眺めた。

「それは……？」

「つがいがいるオメガに、快楽を与えるための薬だ」

蓋を開けると、むっと薬物特有の匂いがしてくる。レイスはそれを指でたっぷりと掬い、シオンの秘所に塗りつけた。

「ッ」

冷たいものを秘所に塗られ、シオンは身を竦ませた。

数度キリルの指がそこを往復し、やがて、ぼうっとあたたかいものが這い上がってくる。

「なに、それ……」

「まあ、黙ってろよ」

つぷん。

指が、入ってきた。

「どう、して……」

何だろう……これ……。

キリルに抱かれるときとはまた違う感覚が立ち上り、塗られたところからシオンの躰を熱っぽくあたためていく。

嫌なはずなのに、怖いはずなのに、吐き気が少しずつ治まってきている。

「こういうものには頼りたくないけどな、キリルがいる限り、俺じゃおまえに悦びを与えられない」

「う…ッ……」

くちゅくちゅと音を立ててそこを掻き混ぜられ、シオンは息を潜めた。

これが何かわからない。

わからないけれど、先ほどまでとは違って、躰が反応し始めているのだ。

こんなことって、あるのだろうか……？

「あ、あん……あ……ふ……」

「よし、感じてきたな」

気持ち、いい……。

どうしよう。

躰の一部が、何か麻痺《まひ》したみたいに動かない。

「全部注いで、俺だけのものにしてやる。おまえの中から、キリルのことはすべて消してやる」

キリルのときとは違って幸福感はないけど、腹の奥から尻にかけてふわっと浮き上がるみたいだ。

心地良さに頭がどうにかなりそうだ。

「ん……ふ、あ……」

指をぬくぬくと抜き差しされて、蜜壺《みつつぼ》全体が熱く燃えるかのようだ。溶鉱炉にでもなったような気分で、シオンは喘ぎ続けるほかない。

「あん、あ……そこ、だめ……だめぇ…ッ…」

「声が蕩けてきたな。こんな可愛い声で啼くのか」

レイスはどこか愉しげだった。

「ほら、これでどうだ？」

「あんっ」

長い指でこりっとしたところを突かれて、シオンの躰は人形のように飛び跳ねた。

溶けた薬がぐちゅぐちゅと音を立て、シオンの中をびっしょりと濡らしているみたいだ。

「は…う、いや……や、やだ……やめて……」

「すごいな。そんなに昂奮してるのに、やめたら収まりがつかないだろ？」

からかうような声音に、シオンは涙目でレイスを見やる。

「痛ッ！」

いきなり肩に噛みつかれて、痛みに声が上擦った。

「忘れろよ。キリルのことなんてさ」

そう言ったレイスは指を引き抜くと、シオンの躰を裏返す。そして、腰を両手で掴むとぐいとそこに楔《くさび》を突き立ててきた。

「あー……ッ」

叫んだ声は自分でも驚くほどに艶を帯びていた。

入ってくる。キリルのための場所、キリルに愛されていたところに、レイスが入り込んできて、そこを侵略しようとしている。

だめなのに、拒めない。躰に力が入らない。

「ほら、わかるか？　おまえは俺に寝取られてんだよ」

「い、や……いや、あ、あっ……そこ、そこ……いい……」

なのに、自分でも信じられないくらいに感じてしまっている。

涙が零れてきて、止まらない。

「たまんねえな、これ」

肉と肉がぶつかり合うほどの苛烈な音を立てて、夢中になってレイスが腰を打ちつけてくる。

「締めつけて、食い千切られそうだ。俺はキリルじゃないってわかってんのか？」

意地悪く言われても、言葉は全部耳を素通りしていく。

ただただ、全身の神経が与えられた感覚を追い、蕩けていくのだ。

「わ、かんな、あ、あっ…あん、あっ……いい、いいっ」

頭の中がぼうっとして、熱があるみたいだ。熱くて、熱くて、欲しくて、何も考えられない。

「よし、出すぜ」

熱いものが体内に放たれ、シオンはそれに応じて高みに連れていかれる。

強引な絶頂に精液が下腹部に飛び散り、狭い寝台を汚した。

「何度でも犯してやる。おまえが俺のものになるようにな」

レイスは低く笑うと、シオンの銀髪を掴んで乱暴に首をねじ曲げさせた。

「俺のものになると言え。そうしたら、おまえを俺の后《きさき》にしてやる。狼と天使は結ばれる運命なんだ」

「……私は……」

そんなことは、できない。

それは国のためというわけではない。

キリルに出会ってしまったからだ。

「いやだ……いや……」

魂のつがいといわれるのであれば、そうなのだろう。

縛られるといっても過去に縛られているのではなく、シオンはキリルの作り出す未来を見たいのだ。

「下船するぞ！」

「ゆっくり一人ずつ下りろよ」

そんな声が聞こえてきて、シオンは甲板から桟橋を見下ろす。かもめたちが上空を旋回していて、のどかな情景が広がっていた。

レイスが上陸に選んだ港は、以前のフローシアのような寒村の漁港ではない。もっと立派な港だった。こんなところに堂々と入港できるなんて、レイスは着々と力をつけていたのだ。

身動《みじろ》ぎすると、とろりと尻からレイスの精液が溢れてくる。

それほどまでに何度もレイスに抱かれたのだと思うと、情けなさに涙が込み上げてきた。

せめて後始末や身繕いくらいさせてくれればましなのに、レイスはそれさえも許してくれなかった。

自分でしたくとも、四六時中ぼんやりしてしまい、頭が上手く働かない。どう動けばいいのか、躰が忘れてしまったのかもしれない。何かをするにしても、レイスに命じられて初めてそれに気づく始末で、心と躰の連携がふつりと途切れてしまったかのようだ。

レイスに攫われたのが三日前なのか、一週間前なのか、もうわからない。あの『オメガに快楽を与える薬』とやらは、レイスがセンセイに開発させたもので、常用しているうちに思考をぼやけさせる副作用があると語っていた。

それに、ほんのわずかな時間であっても我に返ると吐き気が止まらなくなるのだ。つがう相手ではなく、別の人物に躰を好きにされているという忌まわしい事実に。

それでも、外に出て新鮮な空気を吸っているうちに、少しずつ頭がはっきりとしてきたようだ。

「ここは？」

「ボスヘレスだ」

いつの間にか傍らにやって来たレイスが、そう説明してくれる。

「都からはだいぶ離れている。三百ベルスタというところだな」

「そんなに……」

シオンは息を呑んだ。

フローシアから王都までは、確か百ベルスタだったが、旅は馬車で七日以上かかり、途中で馬を交代させての旅だった。

「そうだ。おまえが願ったところで、誰も助けちゃくれない」

前もって意地悪く釘《くぎ》を刺され、暫くシオンは俯いていたものの、「下りるぞ」と言われて顔を上げる。

「いつまでも船にいたいならいてもいいけどな」

「……下りる」

どうせレイスはシオンに何か役割を任せようとしているのだから、どっちにしても下船させたいと思っているはずだ。ここで反抗してはまた薬を使われかねないと、シオンはゆっくりと歩きだした。

桟橋を下りて港町へ近づくと、潮の匂いや波音、海猫の声がやがて覚えのある喧噪に変わってくる。

「どうだ？　綺麗な町だろう」

「うん」

「ボスヘレスはこのあたりでは一番大きいが、かなりトゥルクにも近い。だからトゥルクの血が混じった民もたくさん暮らしてる」

「……人が、多い」

下船して街を眺めたシオンの感想は、そんなものだった。

町の構造は単純で、港から少し離れたところには大きな聖堂がある。その前は広場になっており、それを取り囲むように商店が建ち並んでいた。

八百屋や魚屋、肉屋に小間物屋、金物屋などの店で働いている者もいるが、圧倒的に多いのはぶらぶらと歩き回っている人々だ。

彼らは祭りのために出ている屋台を覗いたり、酒を買ったりと楽しそうだ。

定職がないのだろうか？

「ああ、それはあさってからはこの地方にとっての祭りだからだ」

「祭り？」

「夏至祭りだ。更なる豊穣を祈願して、多くの人々が集まることになっている」

マントに身を包んだレイスが、素早く状況を説明してくれる。シオンは腕を縛られた上から、それが見えないようにマントを着せられている。縄の先はレイスのベルトに繋がっており、逃げられないようになっていた。

「だが、今年は例年よりも人が多い」

「どうして？」

「皇帝陛下へ意見を述べるための催しを開くんだ」

「意見？」

「そうだ。夏至祭りのあとは、キリルの即位式だ。多少無茶をしても恩赦になる可能性はある。そもそも、演説会くらいなら、特に問題視されないからな」

演説会とは、ずいぶん真っ当な手段を用意したものだ。

「叛逆者にしては、比較的まともな意見で安心した」

「それで火が点かないとは言ってないぜ」

「演説くらいでは何も起きないと思うけれど」

「マディアの人間は、羊みたいにおとなしいって聞くからな」

レイスは肩を竦める。

「ラスィーヤでは違う。何かことが起きれば、命を奪われるより先に相手の命を奪う。息の根が止まるまで叩き潰す。そういう民族性なんだ」

「………」

恐ろしいと素直に思った。だが、レイスがシオンに向けてくる一種の強い感情――あれを思えば、無理はないのかもしれない。

レイスはシオンの中から、キリルの痕跡をいっさい押し流そうとしている。

その強い波によって。

けれども、薬を使って抱かれたところで、それはシオンにとっては、自分ではないほかの誰かを抱かれているようなものなのだ。それでも躰だけは穢されていき、空虚さと悲哀は募る一方だ。

そんな心境であっても、芸人たちが奏でる音楽が聞こえてくると気持ちが弾んだ。

「こっちだ」

広場の中央には舞台が作られている。その周りではいつの間にか、面白おかしい装束に身を包んだ大道芸人たちが芸を披露し始めており、見物客が集まっていた。

これが、ラスィーヤのお祭りなんだ……。

まったく関係のない自分まで気持ちが弾みかけるが、レイスがここを舞台に何か企んでいるというのならば、静観はできない。

いったいレイスは何をして、シオンに何をさせるつもりなのだろう……。

「人間は火薬みたいなものだ。たくさん集まれば、ちょっとした刺激を与えただけで爆発する」

レイスはどこか面白がるような口調だった。

「つまり、皆を煽《あお》って暴徒化させるってこと……？」

「そうだ。進軍は無理でも、人数がいればボスへレスくらいは落とせる。そうすれば、キリルと交渉もできるだろう」

「籠城《ろうじょう》するの？」

「ああ、領主の城を奪う」

トゥルクとの国境に近い町であるならば、もしかしたら、レイスの意見に賛同する庶民だけでなく貴族も出てくるかもしれない。

「それでは、国は荒れてしまう……」

シオンはぽつりと呟いた。

「何だって？」

「農民がこの時期に手を休めれば、それは秋の収穫に影響する。祭りで一日仕事を休むのとは、わけが違う。収穫が減れば、きっと彼らは冬を越すのに苦労するはずだ」

「国をよくするためには、多少の犠牲は必要だ」

まるで悪びれることなく、レイスは熱っぽく告げる。

「あいつの望みは、空船を戦争の武器にすることだ。そのために、おまえをわざわざマディアから迎え入れた。おまえがマディアの民族服でも着て、涙ながらにそれは嫌だと訴えれば効果抜群だ」

「マディアのオメガがそこまで役に立つわけがないと、言ったはずだけど」

「おまえは空船のための生贄《いけにえ》だ。一生、キリルに飼い殺しにされる」

「意味がわからない」

確かにキリルは空船を何に使いたいか教えてくれなかった。けれども、ここで不信に呑み込まれてはいけない。

「くそ……まいったな」

そこで初めてレイスは戸惑ったような顔になり、腕組みをする。

「……なに？」

「いや……さすがにおまえがそこまで何も知らないとなると、俺も本当のことを教える決意が鈍るっていうか……」

そこでレイスは言葉を切り、困ったように顎に手をやる。それから、「わかった」と頷いた。

「要求するばかりっていうのも酷だよな。おまえもご褒美がなければ素直にはなれないだろ？」

「…………」

「こっちだ」

シオンを連れたレイスは広場を通り過ぎ、通りを隔てたところにある大きな商館の前で足を止めた。

商館には馬車が数多く停《と》まっており、ここで休む人々もいるようだ。

商館の前に立っていた門番に、「よう」とレイスは右手を挙げて見やすく挨拶をした。

「地下へ行く」

「かしこまりました」

レイスは軽やかな身のこなしで、塀の近くの階段を下りていく。石段は狭く、急で、灯りがなくては進めそうになかった。

「ここは？」

「地下牢《ろう》だ。昔は奴隷《どれい》を売り買いしたんで、ここに閉じ込めていたそうだ」

「…………」

階段を下りきったところに木製の扉があり、レイスはそれを押した。中は思ったよりも広い空間だったが、薄暗くじめじめと湿っている。

いくつもの房がしつらえられていたが、そのうちの一つの前でレイスが足を止めた。

はっとして見やると、格子の向こうには人影がある。誰かがうずくまっているのが見えて、シオンは「クマル！」と慌てて駆け寄った。

「シオン様!?」

牢に繋がれていた男が顔を上げ、鉄格子に近づいてきた。

「シオン様……！」

すっかり痩せ細り、顔は垢と泥に汚れていたが、確かにその顔には見覚えがあった。

クマルが泥で黒ずんだ指で鉄格子を摑み、シオンに躙《にじ》り寄る。

「よかった、無事だったのか！」

涙で視界が滲み、シオンはしゃくり上げた。

「シオン様、申し訳ありません……」

クマルは言い淀んだ。その視線がレイスを捕らえているのに気づいたらしく、彼は「おっと」と肩を竦めた。

「感動の再会だ。俺は邪魔する気はないんで、外で待ってるぜ」

「それはどうも」

レイスはシオンの縄から手を離し、ゆっくりと背を向けて歩きだした。

どうせここからは逃げられないと思っているのだろう。

「王都に無事に辿り着かれたと聞きました。なのに、こんなところに……私のせいで……」

やはり、あの手紙はクマルが書いたのだ。シオンが現れたことで、クマルは主が策略に嵌まったことを知ったのだろう。

「気にしなくていい。おまえが生きていてくれるだけで、嬉しいもの」

肩を震わせるクマルは泣くのを堪えているようで、その実直さが変わらぬことにシオンは安堵《あんど》する。

「どうやって逃げるのですか？」

「逃げるのは、難しい」

さすがにもう一度シオンを逃がすほど、レイスはおめでたくはない。かといって、キリルがもう一度助けてくれるとは思えない。

何よりも、ここは都から遠く離れている。キリルがすぐに動いたところで、会えるまでは十日以上はかかる。それまでのあいだに、即位式もあるのだ。

「では、どうなさるのですか？」

「おまえを死なせれば、国のご家族に申し訳が立たない」

「ですが」

クマルは悔しげに俯く。

「レイスは……あの男は、革命を起こすことしか考えていません。あの男の口車に乗れば、シオン様の御身どころかマディアとの関係まで悪化します」

どうやらクマルはこの牢獄《ろうごく》にいるあいだ、ずっとそのことを考えていたようだ。

「レイスに荷担したくはない。でも、成り行きとはいえ、攫われるのは二度目だ。何か目論見《もくろみ》があって合流したと思われるかもしれない」

「ですが、皇帝陛下にそれを説明なされば……」

何とかなるだろうと示唆されて、シオンは「そうだね」と頷いた。

「……レイスは確かに、自由だと思う。彼は自由に生きることが許されているし、彼自身にもその自覚はある。だけど、ほかの人がそれを真似するのはとても難しい」

レイスの奔放さは、ある種の特権階級的な人間にしか許されないものだ。

けれども、それを真似したら普通の人は潰れてしまう。彼と同じ生き方をほかの人にも押しつけるのは、レイスのわがままでしかない。

「でしたら、皇帝陛下はどんな人でしたか？」

「陛下に会って話をしたけれど、あの人は……思ったよりもずっと英明で立派な人だった。戦争をしたがっているわけじゃないと思えて……」

けれども、それもまた、シオンの思い込みかもしれない。

一番いいのは、二人が仲直りしてくれることだ。

彼らのあいだには、何か大きな誤解がある。それを解かなければ、この強大な帝国さえもいつしか瓦解《がかい》してしまうだろう。

「私には、何ができるだろう。マディアを出てきて、私はこのまま何もできないで終わるのかな……」

シオンはその場に膝を突いたまま、自問自答する。

ただ愛でられるためにだけ生きるのであれば、この生に何の意味がある？

自分は手折《たお》られるためにいるわけではない。

「私にだって、できることがあるはずだ」

レイスのことは、酷い人だと思う。けれども、彼なりに鬱屈があり、そして、シオンに対する情念もあるはずだ。だからこそ、何をされても憎めなかった。

「――でしたら、シオン様のしたいようになさってください」

クマルは決然と言い切った。

「え？」

「私のことは気にしなくてかまいません。もとより、シオン様に捧げた命です」

クマルが牢獄の中で膝を突く。

「でも、それではおまえの命を危険に晒してしまう」

「命はマディアを出るときに捨てました。こうしてお顔を見られただけでも、幸せです」

「――ありがとう、クマル」

そうであるのならば、もう、思い残すことはない。

この命はキリルのために使おう。

幼い頃の約束を守り、広い世界を見せようとしてくれた彼に。

6

「ねえ、これから何が始まるの？」

真っ赤なスカートを穿《は》き、精いっぱいおめかしをしたと思われる小さな女の子が、母親と思《おぼ》しき女性に尋ねている。

再び縄をかけられたシオンはレイスのあとをついて歩いていたが、レイスは先ほどよりも足取りがゆったりとしている。

「何だか、偉い人の演説があるみたいよ」

「ふうん……うわっ」

その子が転んでしまったので、シオンは慌てて手を差し伸べた。

くんと縄が引っ張られたせいでレイスは振り向いたものの、シオンが幼子を助けることについては、取り立てて反対はしなかった。

「大丈夫？」

「ううえ……」

痛くて泣きだした彼女の膝を自分のマントの裾で拭い、シオンは「泣かないで」と頭を撫でた。

「痛い……」

血が滲んできたのに気づき、シオンはマントではなく、下に身につけていた薄衣《うすぎぬ》に手をかける。

レイスに命じられて着替えたマディアの衣で、彼らはご丁寧に最初の積み荷から盗み、このときのために取っておいたのだ。

キリルの言うとおり、レイスたちはかなり頭がよく、計画的にことを起こしている。

まずはボスヘレスを手に入れようとするあたりも、じつは現実的な路線なのだろう。それに、民が力による暴動ではなく、演説によって煽動《せんどう》されたのであれば、軍や警察も手出しはしづらいはずだ。

「わあ……きれい……」

「ありがとう。じゃあ、少しお裾分けしようね」

微笑んだシオンは、力を込めて服の裾を破く。

「あっ」

彼女が驚いているうちに、引き裂いた部分を包帯代わりに彼女の膝にくるくると巻きつけた。

「お洋服、破けちゃった……いいの？」

「いいんだよ。ほら、できた。立てる？」

彼女はすぐに立ち上がり、膝に巻きつけられた虹色の布をそっと撫でた。

「すごく軽い……羽みたい！」

「そうだね。お母さんの場所はわかる？」

「え……」

どうしようとくしゃっと顔を歪《ゆが》めた幼女を、レイスが無造作にひょいと担ぎ上げた。

「わあ！」

途端に彼女ははしゃいだ声を上げて、「おかあさーん」と呼び始める。

「おーい！　迷子だ！」

その言葉に人垣が割れ、「ミカ！」と叫びながら先ほどの女性が現れた。

「もう、こんなところにいたのかい」

「母さん」

ほっとしたように彼女は表情を緩め、「お兄ちゃん、お姉ちゃん、ありがとう！」と手を振って、片脚を引き摺《ず》りながら歩きだした。

「ありがとう、レイス」

「大したことじゃない。おまえ並みに軽かったからな」

「私はあそこまでちっちゃくない」

レイスが軽口を叩いたので、シオンはついむっとして口答えした。

「けど、ラスィーヤのことは何も知らないだろ？」

「子供並みって言いたいの？」

口を尖《とが》らせつつも、シオンは内心で小さく笑う。

レイスのそういうところのせいで、嫌いになれないのだ。

皇帝陛下への無謀な叛乱を画策するのは、彼なりの優しさや同情心があるせいなのだろう。

だから、犬死にさせたくはない。それに、こんなところで人々の信望を失わせるのも御免だ。

「そろそろ演説会の時間だ。来いよ」

広場に集《つど》った民衆は、舞台に立つ誰かを待っている。

「何が始まるの？　劇？」

「どうやら偉い人の演説らしいぜ」

「演説？　興味ないわ」

「それがさ、この国を変えてくれるお人らしい」

いつの間にか老若男女が集まり、酒などを飲みながら舞台に視線を投げている。

最初は他愛《たあい》ない寸劇だった。

初代の皇帝陛下に纏わる面白おかしいどたばた話だったり、好色だった前の皇帝陛下の揶揄だったり。かなりぎりぎりの線を攻めているようだが、民を見張っている様子の警官も一緒になって笑っているので、それなりにおかしいものなのだろう。

それから、次に出てきた旅役者たちは、王に逆らったがゆえに殺された農民の物語を上演した。

人々は徐々に舞台に引き込まれていくが、表立った皇帝陛下への批判はない。ただ、それを目にした民衆が、口々に自分たちの不満を語りだしたのが印象的だった。

「そうは言っても、今の皇帝陛下は即位もまだなんだし」

「世の中がどうなるかわからないからねえ」

「そんなぬるいことを言って、今までより酷くなったらどうする気だ？」

ざわめきが絶頂に達した頃、舞台の上にレイスが現れた。

この男はいったい誰だろう。

皆の顔にはそう書いてある。

「俺は各地を旅してきた。世界にはいろいろな国があるんだ」

そこからレイスは、マディアやトゥルク、そのほかの諸国のことを掻い摘まんで語った。

王がいない国。あるいはあまりにも小さな王国が乱立する地域。

世界にはさまざまな人々がいるのだと。

シオンでさえも引き込まれるような、そんな語り口だった。

「なら、俺たちが暮らすラスィーヤはどうだ？　皇帝陛下は優雅な暮らしをしているが、その恩恵を皆は被っているか？　皆はこのまま、必死で作った小麦をすべて誰かに捧げるような暮らしをしていていいのか？　今の状況は本当に正しいものなのか？」

マディアの衣装を身につけたシオンは、舞台の下でフードつきのマントをかぶり、レイスの演説が終わるのを待っていた。

「そのうえ、キリルの狙いは空船を使って各地を侵略することだ！　戦争が起きれば、男たちは兵隊に取られる。畑はいっそう荒れる。そんなことは避けなくちゃいけない。俺たちは、戦争のない国を作るべきなんだ！」

わあっと人々は拳を振り上げ、レイスの発言に熱狂している。

気持ちは……わかる。

彼の言葉は魅力的だ。何より、現状から脱却できるという夢がある。だが、それは――一方で危険な毒だ。

レイスは人々の感情を煽り、昂らせるものの、『その先』の展望がないのだ。

「今から紹介するシオンは、マディアから送られたオメガだ。キリルはオメガの力を遣い、空船を増産しようとしている」

朗々たる声で言い切り、レイスが聴衆を見回す。

「マディアのオメガは、天の御遣いの子孫だからな。キリルはオメガを増やして、戦争の道具に使おうとしているんだ」

「どういう意味？」

一番前で熱心に聞いていた少年が、そう声をかける。

「いいことを聞いてくれたな。マディアのオメガは空船の燃料になる。ヴォスタンの言い伝えを知っているやつもいるだろう？　人が焼いた天の御遣いの遺体は、どうなった？」

どよめきが生まれ、女性のあいだからは短い悲鳴さえも漏れた。

「三日三晩燃え続けたんだよね」

少年がまた合いの手を入れる。

眩暈《めまい》がした。

レイスの憐れみのまなざしの理由が、ここではっきりとわかったのだ。

「そうだ。御遣いの遺体は、魔力の塊だからな。大人一人の遺体があれば、千ベルスタは空船を飛ばせると言われている。燃料に石を使うよりもずっと効率がいいし、昔は手に入った幻獣の油は今じゃ貴重品だからな。それなら手っ取り早くオメガを増やして、その死体を燃料にする気なんだ」

――ひどい……そんなこと、許されるはずがない。

――戦争なんて、絶対に嫌だ。

――国が荒らされるのは御免だ。

そんな怒りの声が、波のように人々のあいだに広がっていく。その様子にレイスが満足を覚えているのは、堂々とした立ち姿からも伝わってきた。

「シオン」

名指しされてシオンは顔を上げる。

レイスはシオンに手を差し伸べて引っ張り上げると、マントを脱がせた。民衆のあいだに、溜息が漏れる。

「こいつの名前はシオン。マディアの王族で、オメガだ。皇帝陛下に望まれてマディアから贈られてきた。それを俺が攫ったんだ」

レイスが大声で述べる。

「あんな綺麗な人を燃やしちゃうの!?」

「信じられない……」

「陛下は本気だったのか！」

マディアの装束に身を包んだシオンの姿を目にした人々のあいだで、大きな動揺が走る。

「おまえだって悔しいだろう？　おまえはただの生贄だ。戦争の道具になるために、こんなところまで連れてこられたんだ。おまえは騙されたんだよ」

何も、わからない。正しいことが何なのか、一つも理解できない。

「言えよ。大切な人を守りたいんだろ？」

クマルのことを仄《ほの》めかしたレイスは舞台を下り、シオンは一人その場に取り残された。

数千の人々の目が、シオンを見つめている。

怖い。

人々は、シオンがこれからどれほど酷い告発を行うのかと期待して見守っている。一方で、少し離れたところには苦々しい顔つきの人々もいる。おそらく、この中にも皇帝陛下を支持する人々はいるのだ。

その存在に気づき、シオンは少しだけ呼吸が楽になるのを感じた。

「私は……」

緊張に舌がもつれかけたが、そこで一度深呼吸をする。

自分がしたいことは、何か。自分にできることは、何か。

一歩踏み出さなくては、シオンはいつまでも自分の殻に閉じ籠もったままだ。

だから、誰にも阿ずに率直に語ろう。

「私は、皇帝陛下に騙されたとは思っていません」

「何を言うんだ！」

第一声を聞いた苛立ったようにレイスが舞台に駆け上がり、シオンの腕をぐっと摑んだ。

「私が見たいのは、皇帝陛下の作る御代だ」

「おまえはキリルに荷担して、戦争を起こす気か!?」

その言葉に反応し、聴衆が息を呑む。

「陛下はそんなことはしません！」

「なぜわかる」

「それは……」

確かに、どうしてキリルを信じられるのかと問われれば答えに詰まる。

けれども、根拠がいるだろうか。

世界を見せてくれると言ったこと。その約束を、時間がかかっても叶えてくれたことを。

それは彼の誠実さではないかと思うのだ。

それを、民が知らないだけなのだ。

「今はまだわからないけれど、それはちゃんと話をしていないからです」

「だったら、皇帝は何だって空船の研究所を作ってる？　多くの技術者をマディアから招いてるのは、隠しようがない事実だ」

レイスが声を荒らげた。

「わからないなら聞けばいいんです！　勝手に想像して、相手の胸の内を推し量って……それでは疑心暗鬼になるだけだ」

シオンは言い募る。

「そうだそうだ！　お嬢ちゃんの言うとおりだ！」

「俺だって、陛下を信じてるぜ。まだ若いからな」

誰かが野次《やじ》を飛ばす。

それに力づけられ、シオンは聴衆を見渡した。

「それでも陛下を信じられないと言うのなら、言葉などあてにならないと言うのなら、私を殺せばいい！」

一瞬、その場がしんと静まり返った。

「私を殺して、陛下がこの躰を燃やすのか試せばいい！　信じるというのは、そこまで委ねるということだ！」

「ふざけるな！」

苛立ったように、誰かがシオンに石を投げた。

「引き摺り下ろせ！」

「そいつを殺せ！」

突発的に生まれた怒りは、呆気なく人々を呑み込んだ。誰かに足を摑まれて、シオンは舞台から乱暴に下ろされる。

「あっ！」

痛い。

ずるずると背中から引き摺られ、起き上がれないシオンに対して、誰かが石を持って殴りかかる。

「！」

「おい、待て」

レイスが慌てて声を張り上げるが、昂奮しきった聴衆には何の制止にもならなかった。

痛い。

「よせ！　暴力はまずい！」

小石が肘に当たる。次の瞬間には、もっと大きな石が、シオンの顔に向けて跳んできた。

「ッ！」

このまま、殺されるのだろうか……。

せめて、キリルが綺麗だと言ってくれた顔だけはましな状態にしておきたい。

キリルとて死体くらいは検《あらた》めるだろう。

そのときのために、どうせなら、少しでも美しく死にたかった。

ともかく顔だけは庇おうと、急いで両手で覆い隠す。

「まって！」

誰かがシオンの前に立ちはだかった。

慌てて目を開けると、そこにはさっき転んだ女の子が立っていた。走ってここまでやって来たのか、息を切らせている。

見れば巻きつけてあげた膝の薄布には、血が滲んでいた。

「このひと、たすけてくれたの。とてもやさしいの！」

「うるせえ！」

誰かが子供に殴りかかろうとしたので、シオンは咄嗟に彼女に手を伸ばす。

確か母親がいたはずなのに、見つからない。

細い躰を抱き込み、シオンは懸命に彼女を庇った。自分のせいで怪我をさせてしまうなんて、そんなことは絶対にだめだ。

この子には、未来がある。

まだ見ていない世界があるはずなのだ。

それこそが、いつもキリルが示してくれていたものだ。

「殺せ！」

あたりを狂躁《きょうそう》が包み込む。民衆はシオンにのしかかり、打擲《ちょうちゃく》する。

「やめろ！　そいつを殺すな！」

レイスや仲間の船員が昂奮した連中を引き剝がそうとしたが、多勢に無勢では何の役にも立たなかった。

「やめて……この子が死んじゃう……！」

シオンは決死の思いで声を張り上げて訴えたが、誰も耳を貸そうとしない。

守らなくては。

群衆に押し潰されそうになりながら、シオンはじっと耐えた。

こんなに幼い子供なのだ。いくら庇おうとしても、骨が砕けてしまうかもしれない。

自分の服が破れ、皮膚が裂け、血が流れるのを感じる。それでも人々はシオンを石で打つことをやめなかった。

痛みのあまり、気を失いそうだ。

そのときだ。

空気がびりびりと震え、振動が伝わってくる。

何かが来る。

それに、この甘い匂い。

それに気づいたらしく、人々はシオンを打つ手を止めた。

「おい……あれ、空船じゃないか⁉」

誰かがそう呟く。

「え？」

「空船って、マディアの……？」

振動はやがて音になり、あたりを震わせるほどの大音響になっている。

おまけに広場にかかった影は次第に大きくなってきて、空船は広場の一隅に着陸しようとしているようだ。人々は押し潰されるのを恐れ、蜘蛛《くも》の子を散らすように逃れた。

空船とは、船のかたちをした乗り物だ。帆船のかたちをしていながらも空を飛び、その大きさは通常の船よりはずっと小型だった。

空船の船室の扉が開き、中から男が一人出てきた。

マントを翻して歩いてきたのは、目映さいほどの美貌の男。

「キリル！」

いち早く反応したのは、レイスだった。

「陛下だ……」

「嘘だろ、こんな田舎に」

あまりにも美しいキリルの姿に戦き、人々はしんとしている。

「争うのはやめよ、皆の者」

凛とした声に、潮が引くように人々の昂奮が静まっていく。

「おまえたちの言う叛乱とは、力を持たぬものを叩きのめすことか？　そのような叛乱で国を手中に収めても、それでは長続きせぬ。斯様なやり方が望みであれば、予のことをも石で打ち倒すがよい」

迫力のある声だった。

「キリル、お願い……この子を……」

シオンはよろめくようにしてキリルに近づくと、抱いていた子供を差し出す。

シオンの努力も虚《むな》しく、幼女は血塗《ちまみ》れだった。

「その子、私を庇って……お願い、助けて……」

「すぐ船に乗せて、都に連れていけ」

キリルはそばにいたザハールに命じた。

「ですが、空船にこの子を載せれば、シオン様を連れてお帰りになることが……」

「空船は民のものだ。民のために使わなくてどうする」

キリルはザハールの言葉を遮った。それを耳にしたザハールは頷き、シオンから受け取った子供を抱いて空船へ連れていく。

「待って！　それは私の子です！」

先ほどの母親が、民衆の中から飛び出してザハールに追い縋《すが》った。

「その女も乗せよ」

キリルは落ち着いた声で命じると、自分のマントを外すと、それをシオンの肩にかけてくれる。

すべての挙措が堂々としており、非の打ちどころがなかった。

「あれ、本当に皇帝陛下なの？」

「絵で見たことある……」

辺境の地にキリルが自ら出向く機会は滅多にないらしく、偉大なる陛下の姿を目にした民衆はあからさまに動じていた。

「今日は祭りであったな。民が明日を望む祭りほど、予にとって嬉しいことはない。存分に楽しむがよい」

ごく自然な動作で舞台に立ったキリルは、そう続ける。

大声を出しているわけではないのに、朗々と響く美しい声だった。

「楽しめるかよ！　あんたは空船を使って戦争をする気だろ！」

それでも、すかさず野次が飛ぶ。

「それは単なる噂にすぎぬ。空船は、辺境の民も豊かに暮らすための手段だ。争いのために作るものではない」

意外な発言に、ざわっと人々がざわめく。

「どういうことだよ！」

「信じられると思うか⁉」

それはそうだ。シオンだって、にわかには信じられない。

「待てよ、俺は陛下の言葉を信じるぜ。聞こうじゃないか」

一角からそんな声が聞こえてきて、人々は急に静かになった。

「そもそも空船は、一隻に乗せられる人間の数は両手で数えられる。操縦や魔力の補充に必要なものが三人。残りの七人が兵士だ。あの空船も、あの娘と母親を王都の病院に連れていくために乗せれば、少なくともシオン――この者は乗ることはできぬ」

重そうに浮かび上がる空船を目にし、人々はしんと静まり返る。

「灯りがなければ目的地を見失うがゆえに夜には飛ばせぬし、両手に足りぬ少人数では奇襲もできぬ。武器を積むにも限度があり、音は斯様《かよう》にうるさい。長距離の移動には早いが、とても戦争には向かぬ」

ざわ、と人々がお互いに顔を見合わせる。

「むしろ、それだけの魔力があれば、もっと国を豊かにできる。貴重な魔力を戦争如きのために浪費できるとでも？」

説得力のあるキリルの言葉に、人々はしんとしていつか聞き入っていた。

「今一度冷静さを取り戻すのだ、ボスヘレスの民よ。扇動家の言葉に乗せられては、大切なものを見失うばかりだ」

「言葉でけむに巻っこうってのか？　誤魔化《ごまか》すなよ！」

兵士を押し退けたレイスが舞台に駆け上がり、そしていつしか民衆との対話をしようとするキリルに詰め寄った。

「ならば、無辜《むこ》の民を武力で押さえつけよというのか？　我が民草に力を振るえと？」

それまでは穏やかだったキリルの口調に怒気が籠もる。

「武力で民を征圧すれば、必ず怪我人、悪ければ死者が出る。言葉で説得できるのであれば、それに越したことはなかろう。誰も傷つけずに済む」

「皇帝陛下が、ずいぶんと弱腰じゃないか」

レイスは声を荒らげた。

「レイス、そなたにとって叛乱とやらは確かに一大事かもしれぬ。だが、民にはまた明日からの生活がある。一時の熱狂に浮かれていて、明日からの生活を失ってはならぬであろう」

大きな音を立てて、空船が飛び立つ。

「だからって、船は行っちまった。ここに一人で残ってどうする気だ？」

レイスは皮肉っぽく指摘する。

「ボスヘレスの周囲に駐屯している兵士くらいは、あらかじめ呼び集めている。そうでなければここに来てもおまえに殺されるばかりだからな。それに、彼らがこのあとどうするかは、おまえではなく彼ら自身が決めることだ」

冷静沈着なキリルの言葉に、レイスはぐっと詰まった。

「予に非があるとすれば、それは、民に我が意を伝えようとしなかったことだ。それは、かねてよりシオンにも指摘されている。ゆえに、民には心配をかけたことを、謝らねばならぬ。すまなかった」

キリルが頭を下げたせいで、あたりにどよめきが広がった。

「そんなことですべてが帳消しになるわけがないだろ！」

レイスの怒声に、キリルは「そうだな」と軽く頷いた。

「では、武で優劣を競うか？」

「何だと？」

「剣を抜け、レイス。我が剣はこの国に捧げたもの。どちらが勝つかで思いの強さを測ればよい」

舞台から飛び降りたキリルは自分の剣を抜く。

陽射しが刃に反射し、まるで銀のように煌めいた。

「この……！」

思いがけぬ余興に、人々は一気に盛り上がった。

「すげえ！　皇帝陛下とあの兄ちゃんの一騎打ちだ！」

「こりゃいい見世物じゃねえか！」

二人の戦いを見ようと群衆が取り囲み、拳を振り上げ、あるいは声を上げ、キリルとレイスのどちらかを応援する。

「兄ちゃん、やっちまえ！」

「陛下、頑張れ！」

場の空気が、一変した……。

少し離れたところで見守りながら、シオンはそれを膚で感じていた。

何だかんだで、この二人の兄弟には華がある。その場の雰囲気を摑み、人々の心を捕らえてしまう。

剣を抜いたレイスが、そのままキリルに斬りかかる。キリルはそれを己の剣で受け止め、あるいは軽やかに受け流してしまう。

強い。

レイスも強いと思っていたが、キリルはそれ以上だ。

そのうえ、場を乗せる能力というのだろうか。この場で支配権を握っているのはキリルであり、群衆はそれに乗せられて、叛乱がどうこうというのを忘れかけている。

「おい、そこだ！　いけ！」

「うおっ、躱《かわ》したっ！」

二人の剣技はそれは見事なもので、すぐには決着がつかない。

互いを応援する人々の声が届いているのか、レイスの顔に焦りの色が浮かんでいる。レイスもまた、場の空気が変わってしまったことに気づいているはずだ。

「どうした、そろそろ本音を言え」

　刃を合わせながら、キリルが挑発する。

「何だと？」

「そなた、本当にこの国が欲しいのか？」

「うるせえ！」

　かっと頬に朱を走らせ、レイスが怒鳴りつけた。

「わかってんなら聞くんじゃねえよ」

「そなたに言わせたいのだ」

　キリルに煽られて、レイスは更に声を張り上げる。

「だったら、シオンをくれよ。シオンを賭けてみろ」

「それはできぬ相談だ」

　火花を散らして剣を受け止め、キリルは笑む。

「なぜだ？　俺だって狼だ！　天使を手に入れる資格はある！」

「かもしれぬ。だが、予はおまえには負けぬ。賭けるだけ無駄だ」

「畜生！」

　強引に突きに行ったが、それはキリルの誘いだった。

「あっ」

軽くいなされてレイスの剣が弾け飛び、キリルの剣の切っ先が喉元に突きつけられた。

「くそ……殺せ……」

「殺しはしない」

言い切ったキリルがレイスに宣告する。

がくりと脱力し、レイスは石畳の上に座り込んだ。

「大人になれ、レイス。そなたは船を持っているのに、なぜ世界を見ない？　シオンのこともただ閉じ込めるだけだ。だが、船とはそう使うものではないだろう」

剣を鞘に収め、キリルはへたり込んだままのレイスに尋ねる。

「何だと……？」

「船とは本来、新しい世界を見、己の可能性を広げるためにあるのだ。それも見抜けぬようなそなたに、シオンは渡せぬ」

レイスは言葉に詰まったらしく、「くそ」と吐き捨ててそっぽを向く。

「殺せよ、もう説教はたくさんだ」

「おまえもまたこの国の民だ。無為に殺してどうする」

「じゃあ、ここに集まった連中は？　兵隊を集めてるっていうんなら、罰する気かよ」

いかにも忌々しげなレイスの言葉に、見物客のあいだにはざわめきが走った。

「まったく、いつまで経っても短絡的なやつだ。祭りを祝いに来た我が民を傷つけることが、予にできると思うか？」

キリルはそう言うと、レイスを置いて再び舞台に上がる。

「そのうえ今日は祭りだ。人を罰することなど無粋な話。……こちらへ」

キリルが右手を振ると、甲冑《かっちゅう》を身につけた兵士たちが、大きな樽《たる》を乗せた手押し車を押してきた。

それも一つや二つではなく、十数台が列になっている。

「この先、そなたたちが不信を感じることがないよう、私も政治の在り方を変えていこう。この国は予一人のものではない。そなたたちのものでもあるのだ。それを教えてくれたことに、予は改めて礼を言わねばならぬ。ありがとう、ボスヘレスの民よ」

キリルの言葉に群衆が熱狂し、どこからともなく「皇帝陛下万歳」の声が聞こえてくる。

樽の中身は酒で、兵士たちは器にそれを注いで人々に配り始めた。

意外な振る舞い酒に皆は驚いていたが、すぐにそれを受け容れる。

「そして今、ともに祝杯を挙げよう。今宵は私がそれを誓った夜だと」

まるで嵐だ。怒濤《どとう》のようにその声が広がり、やがて広場一帯を埋め尽くした。

これが、王としての魅力というものか。

雄々しいキリルの姿にじわりと胸が疼いて、シオンは思わず自分の心臓のあたりを抑える。

欲しい……。

圧倒的な雄の魅力を放つキリルは、シオンにとって理想のアルファそのものだ。

ああ……一刻も早く彼が欲しい。

躰の奥が甘く疼く。

この逞しい人に征服され、その荒々しい欲望で引き裂かれたい。

何かに気づいたようにちらりとキリルはシオンを見やり、そして、再び視線を逸らす。

シオンは落ち着かない気持ちになったものの、キリルに気づかれていないのならばそれでかまわなかった。

一方、立ち上がったレイスはふて腐れたように腕組みをしているが、キリルの言葉に異論はないらしい。

「レイス、そなたも予と乾杯するか？」

舞台から下りたキリルに問われ、レイスは深々と息を吐き出した。

「……そうだな」

レイスは極めて苦々しい顔つきになり、兵士の手から木製のジョッキを受け取る。そこには酒がなみなみと満たされていた。

「俺もここでじたばたするほど馬鹿じゃない。今はあんたに乗せられてやるさ」

「それは重畳」

キリルは笑みを浮かべ、レイスのジョッキと自分のそれを合わせて乾杯をした。

ボスヘレスから一番近い離宮は、それでも馬車で数時間はかかり、辿り着いたときには日付が変わりそうな時間だった。

入浴を済ませたシオンが一息をついたところで、キリルが顔を見に来た。

「陛下……此度は迷惑をおかけしました」

「よい。此度はそなたが悪いわけではない」

キリルは寛容で、跪くシオンの肩に手を置いて立ち上がるよう促した。

「原因は、クマルとやらであったな。あの男を探しきれなかった我が軍の落ち度だ」

「クマルは……」

「案ずるな。そのあたりの交渉は抜かりない」

「でも」

「あれほど私を信じよと言ってくれたのに、信じてくれぬのか？」

あ、とシオンは頬を赤らめた。

「それで……集まっていた人たちは、みんな、家に帰ったのですか？」

この離宮は付近の貴族のものだったそうで、屋敷はそれなりに質素だったが、温泉が湧いているらしく風呂は素晴らしかった。

おかげで久しぶりに両手脚を伸ばし、ふやけるほどに湯に浸《つ》かることができた。

「ああ、祭りが終われば人は現実に返るものだ」

長椅子に腰を下ろし、膝の上で両手を組んでキリルは笑みを浮かべる。

「――レイスはどうするのですか？」

「暫くは国外追放だな。国を憂えているのはレイスも同じだ。私を手伝う気があるのなら、またそのときに考えよう」

キリルはそう言うと、シオンに手招きをする。

「何もされなかったか？」

「ごめん…なさい……」

シオンは俯き、そして目を伏せた。

「つくづく、レイスも諦めが悪い……それだけそなたが魅力的なのが悪いのだろうな」

微かに笑いを含んだ声でキリルは告げると、シオンの衣に手をかける。

「だが、あの男はそなたがここまで馨しいことを知らぬ――そうであろう？」

「わかりません」

「わからない、というのは？」

「ええと……その、薬、を……」

「薬？」

途端にキリルの表情が強張り、「話してみよ」と促す。

シオンがたどたどしく、センセイの開発した薬について語ると、キリルはため息をついた。

「まったく、我が弟ながら執念深いことだ」

「申し訳ありません……」

情けなくなり、シオンは目を伏せる。

すべてはシオンが拒みきれればよかった――それだけの話なのだ。

「そなたには早く孕んでもらわなくては困るな」

「え!?」

「そうでなくては、おまえが私のものだと誰にもわかるまい」

キリルの子供を、孕む……。

己の身に余る幸福を明示され、シオンはきゅうっと腹のあたりが疼くのを感じた。

欲しい。

もうずっと、抱かれていなかったのだ。

嵐のように激しく、凪いだ海のように優しく、キリルに抱かれたい。

「さて、レイスにはどのように可愛がられた？　どの体位で交わったのか答えよ」

「え…っと……後ろ、から……」

「なるほど、そなたの美しさを正視できぬのであろう。存外可愛いところがある」

後ろを向くように促されてシオンがそれに従うと、立ち上がったキリルが背後から手を伸ばして口づけてくる。

「ン……ん……」

浅い角度での接吻だったのに、唇を吸われると、シオンはあっさりと腰砕けになってしまう。

もっと、舌を絡めてほしい。そう思うのに、キリルの肉厚な舌はシオンの口腔《こうこう》を弄《まさぐ》り、粘膜を舐め、唾液を啜《すす》る。

「っく……う……」

たかだか接吻のはずなのに、立っていられなくなりそうだ。

がくがくと震えているうちに、薄衣の狭間から手が差し入れられる。

乳首を摘まれて、「あっ」と消え入るような声が漏れた。

「あ…、あ……や…ッ……」

「嫌なのか？　あの場で発情していたくせに？」

見抜かれていたのだ。

圧倒的な雄としての存在感を見せつけられ、シオンは終わったばかりの発情期に再び突入してしまったのだ。

「ごめん…なさい……でも……」

「私に惚れ直したのか？」

「はい……」

左右の手が背後から胸に宛《あて》がわれ、二本の指が、改めてそれぞれの乳首を探し当てる。それからくりくりと紙縒《こより》でも作るように捻ってくる。それだけでつきつきと胸への刺激が生まれ、シオンはゆるゆると腰を振り、自分の感覚をどこかへ逃がそうとした。

「……ふ、う…っ……」

小さな乳暈《にゅううん》を捏ね回すように動いたかと思えば、指の腹で押し潰される。シオンの額は汗に濡れ、唇からは音楽のように絶え間ない音が零れていた。

もう、耐えられない。

「ん……ふ……だめ、それ……」

「何がだめなのだ？」

「だって……それ、してると……欲しく、なっちゃう……」

左右の乳首を潰され、捏ねられ、抓《つね》られる。その繰り返しに、息が上がる。

「何を？」

「子供……」

シオンは言ってしまってから、はっと頬を染める。

「子供？」

「…そう、じゃなくて……熱いの、欲しいだけで……」

「では我が子を孕むのは嫌だというのか？」

「あぁッ」

爪を立ててそこをきりきりと抓られ、シオンは思わず悲鳴を上げる。

痛みは鋭い悦楽にも似ていて、シオンは気づくと精を放っていた。

「そなたはどこでも弱いのだな」

くすりと笑ったキリルは、今度はシオンの躰をひっくり返すと、立ったまま胸を舐めた。

「あんっ」

「私が吸ってやるのでは、だめか？」

「ひ、ん……ん、んっ……あっ」

濡れた舌はやわらかな布のようで、あまりにもその振動は甘美だった。シオンの全身に快楽が波となって襲い、どこもかしこも濡れてしまうようで立っていられない。

「覚悟もなく、無意識に私を煽ったのか？　末恐ろしいな」

褒められているのか何なのかわからず、シオンは俯いてしまう。

「……それ、変……だから……」

喘ぐようなシオンの声に、キリルは笑う。

「変とはわからないな。私の子供が欲しいのだろう？」

「欲しい……」

そのためにも、この腸にいっぱい子種を注いでほしい。

「では、その子にここを吸わせるのだろう？　であるならば、私が誰よりも先に弄っておかなくては」

それから、キリルは乳首に歯を立てた。

「あー……ッ」

かくんと膝を折ったシオンは、とうとう脱力して寝台に倒れ込んでしまう。

銀の髪を散らしてシオンが涙目になってキリルを見上げると、彼は小さく笑って邪魔な衣を脱ぎ捨てる。

キリルのそそり立つ男根を目にし、シオンは自然と口の中が乾いてくるのを感じた。

「さて、それではそなたに罰を与えよう」

「罰……？」

「心配させた罰だ。私を可愛がってみよ」

「……はい」

もっと酷い罰になるのかと思ったので、シオンはほっとする。それから、キリルを昂らせるために、広い寝台に座した彼の前に跪く。

そして、衣服をくつろげるとキリルの性器を取りだした。

「ご奉仕、いたします」

「よかろう」

右手で支えると尖端に何度もキスをし、舌を伸ばしてねっとりと唾液を塗《まぶ》す。それから、舌で根元から尖端にかけてをそろりと舐め上げた。

「ふ」

微かにキリルが息をつく。

「頑張っているな」

えらの張った部分を口に含み、ぐるりと回すように舌で尖端を舐め回す。穴をちろちろと舌先で舐めていると、甘露のような先走りが触れてシオンは陶然《とうぜん》となった。

「どうだ?」

「……おいしい…」

顔を上げたシオンはうっとりと訴えると、再びキリルの欲望を育てることに熱中した。

「きもち、いい……?」

「ああ。上手くはないが、そなたの健気《けなげ》さが伝わってくるようだ」

奉仕は以前も後宮でキリルに教わったが、やっぱり自分は下手みたいだ。でも、こうしているうちに、どんどん気持ちが高まってくる。

「ん、んく……んむ……ん、んん……」

夢中になって唾液と先走りを口の中で混ぜ、それを啜り、呑み込む。それだけで躰の奥が熱く燃えるように滾り、シオンはもじもじと膝を擦り合わせた。

早く欲しい。

キリルに埋めてほしい。

すべてを。

「どうした？　落ち着かぬようだな」

目敏くシオンの変化に気づき、キリルがからかうように口を開く。

「欲しいです。陛下の種を、ここに……」

シオンが躊躇いがちに下腹部をさすると、キリルは「よかろう」と鷹揚《おうよう》に頷いた。

「それを不敬とは申すまい。そなたの手で、できるか？」

「はい」

嬉しい……。

やっとここに、望むものを迎えられるのだ。

シオンは昂奮する自分自身を押さえながらいそいそとキリルの腹に跨《また》がり、それに手を添える。

「熱い……」

「そなたが熱くしたのだ」

「……うれし…です……」

それから、覚悟を決めて徐々に腰を下ろしていく。

「んっ！　んあ、あ……あー……ッ」

圧倒的に大きなものがめりめりと入り込み、自分でそれを導いているとはいえ、一度休まなくてはいけなかった。

「は……ぁ……」

こうしていると、たまらない。

安心するし、それに……気持ちよくて。

躰の奥からどろどろに溶けて、キリルと一つになってしまうような気がする……。

「よいか？」

「とても……」

「だが、それでは私が愉しめぬ。手伝ってやろう」

早くもそう告げたキリルが、シオンの腰を両手で摑むと躰をぐっと引き下ろした。

「あー……ッ」

途端に全身を貫く快感の波に襲われ、シオンは声を上げた。

それだけではなかった。

「あ、あっ、あん、あ……は、あっ」

今度はこつこつと下から小突くように突き上げられて、いい場所を何度も刺激される。そこを小刻みに突かれるとだめになってしまうのに、拒めない。

ただただ翻弄され、シオンは喘ぐほかなかった。

「はぁ、あ……あん、あ、そこ、いい……」

「これは、罰と言ったろう。そながよくなることは許していないぞ」

そう言われても、困る。

こうされていると、感じてしまって。

頭が真っ白になる。

「だ、って……だって、やだ……」

「いい子だ」

ぴんと指先で性器の尖端を弾かれ、シオンは仰《の》け反《ぞ》った。

「反応がまだ緩いな。どうした？」

「はぁ、ん……ああ……そこ、突いて、ください……」

「ここか？」

とん、とキリルが一点を突いてくる。狙い澄ました一撃に、声が跳ね上がる。

「やうっ」

「嫌なのか？」

「ううん、いい……いい、ください…ここに……」

シオンは腹をさすりながら、右手をキリルの手に重ねる。

欲しい。

「何を？」

「……子種……早く、…お腹、欲しい……熱いの……ちょうだい……」

シオンは自ら腰をくねらせながら、懸命に訴える。

「…熱い、ので、種付け……してください……」

「まったく……そなたは本当に可愛いな」

ため息をつきながら、キリルはシオンの中に精を放つ。

ああ……。

じわじわと熱いものが、内壁にまで染み込んでいくみたいだ。

こんなにいっぱい出してもらえるなんて。

「孕ませてやろう。何人でも子供を産むがいい」

「うれしい……」

シオンはがくがくと震えながら、キリルの上で達した。

「すき……です……すきです、キリル……」

「漸くそう言ったな」

キリルは微笑み、そして、「愛している」とシオンに告げた。

そう、キリルのことが好きだったのだ。

ずっと、ずっと、あのとき——初めて目が合ったあの瞬間から。

広い世界を見せてくれると、誓い合ったあのときには、シオンの心は既に決まっていたのだろう。

「そなたは永遠に私のものだ」

「はい……はい、いく、いく……ああ……ッ」

熱い告白に心も躰も満たされ、シオンは白いものを放った。

◇　◇　◇

秋。

「シオン様、陛下がおいでです」

クマルに声をかけられ、シオンは顔を上げる。

あれから、クマルは少し遅れて無事にシオンのもとへ送り届けられた。レイスにもそれだけの礼儀はあったらしく、シオンは再会を喜んだ。

「ありがとう」

彼は一か月以上静養し、このたび漸く、シオンの従者として復帰したのだった。

即位式には間に合わなかったが、それでも、彼が健康を取り戻してくれたことが何よりも嬉しい。

「シオン、支度はできたか？」

「はい」

清楚《せいそ》な意匠のマディアの衣に着替えたシオンが振り返ると、キリルは微笑む。

「美しいな、そなたは」

「そんなことは……」

これから空船に乗ってラスィーヤ視察に行く予定で、シオンはキリルを連れていってくれることになったのだ。

即位した皇帝陛下の初めての行幸で、民衆はさぞや楽しみにしているに違いない。

皇帝の即位に合わせ、各地では議会が設置されることになっている。そのための法整備をしている最中で、民からの意見を聞く会合もあちこちで開かれることになっていた。

「楽しみです。空船に乗るのは、初めてだから」

「ああ。そなたが身重になる前にと思ってな」

「…………」

まだ子供を孕んでいないという事実を思い知らされ、シオンは目を伏せる。

「申し訳ないと思うことはない。あれほど昼となく夜となく抱いているのだ。もう種は仕込まれているであろう」

かあっとシオンは頬を染める。

本当に、キリルに愛され続ける生活には終わりがない。

こんなに幸せでいいのかと思うほどだ。

「——ありがとうございます」

「何が？」

「私に、世界を見せると言ってくれて」

その言葉があるから、ラスィーヤに来るのも怖くはなかったのだ。

彼の言葉が、いつも、シオンの背中を押してくれた。

「そんなことか」

キリルは笑みを浮かべて、そして、「そなたにはすべてを見せよう」と告げる。

「それだけではなく、そなたには私のすべてを捧げる。それがあのときできなかった約束だ」

そう言って、キリルはシオンの唇にそっと自分の唇を重ねてくる。

甘く優しい唇は、どこか、懐かしい味がする。

初恋の味なのかもしれないと思いつき、シオンは募る愛おしさに頬を赤らめた。

狼の求婚
妊《にん》孕《よう》の花嫁

陽射《ひざ》しが降り注ぐ露台には大きな傘が据えられ、シオンは日陰となった長椅子に腰を下ろす。

ラスィーヤは冬の国だが、春がないわけではない。

こういうときは、うずうずしてしまう。躰《からだ》の奥が熱くなって、何だか……。

「シオン」

背後からやって来たキリルが優しく声をかけたので、シオンははっと振り返った。

「！」

「驚かせてしまったか？」

「ううん……」

「すまぬ」

言いながらキリルが上体を屈《かが》め、肩越しに頬にくちづけてくる。彼の背後に立っていた従者が気になってシオンがキリルの長い裾を引くと、「ああ」とキリルは頷《うなず》いた。

「その書は、テーブルに置いて出ていくがよい」

「はい」

従者たちはきびきびとテーブルの上に数冊の分厚い書籍を置き、一礼して部屋を出ていった。

「今日の仕事はもうよろしいのですか？」

「いや、これから特使に会うことになっている。戦争を避けるための交渉だ」

キリルは憂鬱《ゆううつ》そうに眉《まゆ》を顰《ひそ》め、一転すると甘く微笑《ほほえ》んだ。

「あの、キリル」

ちらりとテーブルの上に載せられた書物の山を見やり、シオンは口を開く。

実は、このところのシオンには大きな悩みがあった。

それも、大好きな本に起因する悩みだ。

「何だ？」

「ええと」

読み切れないほどの本は、シオンの部屋の本棚からはみ出し、今や隣にある侍従たちの部屋も侵し始めている。そうでなくとも後宮は本を置けるような場所は限られており、小さな書架はあっという間にいっぱいになってしまった。

だからこそ折に触れ贈られる書物について話をしたいのに、キリルとこうして顔を合わせているとぼうっとして、その美貌《びぼう》に見惚《みほ》れてしまう。

それだけではなくて、この匂《にお》い。

甘いうえにぞくぞくするような複雑な香りが、シオンの躰に微妙な作用を催すのだ。

これはつがいに特有の現象だそうだが、発情期になるとよけいに蕩《とろ》けてしまって始末が悪い。

それでも、何も言わないわけにはいかないと、シオンは理性を振り絞って口を開いた。

「こ、これまでに、贈っていただいた、本のことなのですが」

何とか会話を続けようと、シオンは苦労して言葉を紡いだ。

「ん、そのことか。気に入ってくれたか？」

言いづらい……。

あまりにも本の冊数が多すぎて、シオンのみならず従者たちの生活空間をも圧迫しているなどと。

正直に言ってしまえば、いくらキリルであっても気分を害しそうだ。

何とかして上手《うま》く説明する方法はないだろうか……。

ううん、それ以上に。

今は頭がくらくらしてきている。

キリルがそばにいるのに――そばにいるから、躰がおかしい。

「それよりも、そなた」

「え？」

「いい匂いがする……また、あれか？」

「……」

まさか己の劣情を見抜かれているとは思わず、シオンは思わず膝を擦り合わせてしまう。

キリルの存在を意識した途端に、もう躰が昂《たかぶ》ってしまっていたのだ。

おそらく、その拍子に発情期に入ってしまったのだろう。

「はい……その……あなたが、欲しいです……」

頬を染めながらシオンが訴えるのを聞き、キリルが片手を挙げる。それを機に従者が退室し、キリルはシオンに「そこに立ってごらん」と告げた。

「立つ？」

どうしてそんなことを、とシオンは少し狼狽《うろた》えた。

「そうだ……今日は陽射しの中でそなたの美しい躰を見たいのだ」

「そんな」

夜にここで睦《むつ》み合ったことはあるが、昼間というのは初めてで、更なる動揺がシオンを襲う。

「できぬか？」

「いえ……恥ずかしいだけです」

「そなたはどこに出しても恥ずかしくないほどの美しさだ。恥じることはない」

羞《は》じらいながらもシオンはそれに従い、露台の手すりに手をかける。

「これでよろしいですか？」

「それだけでは足りぬ。腰をこちらへ」

「はい」

もう期待に胸が高鳴り、摑《つか》んだ手すりが火照《ほて》る躰を冷やしてくれた。

腰をぐっと突き出す体勢になったところで、キリルは器用にシオンの服を脱がせて尻《しり》を剝《む》き出しにさせる。

「挿《い》れるだけでよいのか？」

前戯の有無を問われて、シオンは唇を戦慄《わなな》かせた。

「はい……挿れてほしい……」

熱いのが、欲しい。

欲しくて、欲しくて、頭がおかしくなりそうだ。

「キリルのが、欲しい……早く、中に挿れて……？」

「姫君のおねだりを聞かずにいるほど、私も意地悪ではないつもりだよ」

背後でキリルがくくっと愉《たの》しげに笑い、シオンのかたちのよい双丘《そうきゅう》を撫でた。

「あうっ」

ずぶんと大きなものが入り込み、シオンは思わず顎《あご》を突き上げた。

「あ、あ、……あー……はいる……っ」

固いものが、ごりごりと狭い肉道をこじ開けるようにして入り込んでくる。シオンの肉はそこも快楽として感じてしまうほどに過敏で、隘路《あいろ》を拡《ひろ》げられていくたびに、ぴくっぴくっと指が震えた。

このままでは手に力が入らなくなりそうだ……。

「挿れているのだから、当然であろう。どうだ？」

その逞《たくま》しさ誇示するように腰を揺すられ、その振動で全身があられもなく震えてしまう。はしたなくも屹立《きつりつ》したシオンの花茎からはとろとろと蜜が溢《あふ》れ、床に小さな水たまりを作っていた。

「すごい…おっきい、……もっと……おく、きて……」

こうなるとシオンは少しでも密着したくて爪先立《つまさき》ちになり、くいくいと自分から腰を振ってキリルの下腹部に尻を押しつけてしまう。

「可愛《かわい》いな。私をこんなに欲しがってくれるとは」

欲しがっているという言葉の意味はわからないけれど、きゅうきゅうとそこを締めつけてしまっているのは——わかる。

「動くぞ」

「ん、ん、んっ」

ぱちゅぱちゅと音を立てて、キリルの楔《くさび》が律動を繰り返す。

「そなたはここがよかったな」

「アッ！　あん、そこ、そう、です……いい……いいっ」

そんな風に感じるところばかり責め立てられたら、腰から溶けてしまいそうだ。

早く、熱いものでお腹《なか》を満たされたい。キリルの愛情を注がれて、ぐちゃぐちゃになりたい。

「出すぞ」

「はい…出して、ください…ッ…はらむの、ほしい……」

喘《あえ》ぎながらねだるシオンに答え、キリルがそこに熱いものを注ぎ込む。

「い、く…ッ……」

シオンもまた達し、露台にぱたぱたと白いものが飛び散った。

ぐったりと脱力しそうになるシオンの腰を摑み、キリルは繫がったまま椅子に腰を下ろす。

「あんっ！」

それは休息のためではなく、キリルはシオンを上位にしたまま腰を両手で摑み、激しく揺さぶってきた。

敏感になった花園を更に蹂躙され、散らされ、シオンは汗に濡《ぬ》れた躰を身も世もなくくねらせる。

「あ、あ、だめ…それ…だめっ」

「どうして？」

「だっ…て、いま、いった、から……いって、あ、あ、あっ、いい、またいくっ、キリル……」

消え入りそうな声で訴えながら、シオンは半ば強引に再び高められていった。

「え？　また言えなかったのですか？」

行為のあと、一休みしたシオンが露台に立ち尽くして思案していると、ザハールとクマルが連れ立ってやって来た。

「恐れながら、ザハール殿。シオン様は常にマディアとラスィーヤの友好を考えておられます。ご自身の発言がどんな災いを招くか熟慮なさっておいでなのです」

「考えすぎですね」

ばっさり。

前々から思っていたのだが、ザハールとクマルは性格が似ているようで面白いように違う。

「陛下はシオン様をそれはそれは可愛がっておいでです。贈られた本が邪魔と言ったところで、不興を買うこともありますまい」

「ですが」

「ごめんね、二人とも」

謝りながら立ち上がった拍子にずきりと腰が痛む。

「これは私の問題だから、それでいいよ。二人は気にしないでください」

「そうはいきません」

きりっとした面持ちでザハールがこちらを見やる。

「我が君の振る舞いがシオン様を傷つけているのであれば、それはゆゆしき事態です。打開策を考えるのは臣下の努め」

「でも……」

動くと腹のあたりが疼《うず》いたような気がして、シオンは顔をしかめた。

「本当に今日はもういいんだ。ありがとう」

「では、ゆっくりおやすみなさいませ」

「うん」

シオンはため息をつき、そして二人を送り出す。彼らがいなくなると急に疲れたような気持ちになり、へたへたとその場に座り込んだ。

「お腹……痛い……」

何だか腹が痛いような疼くような不思議な感覚が消えず、シオンは下腹部をずっと押さえていた。

◇ ◇ ◇

「それでは行きましょう」

ザハールは地味な服装に着替えており、同じく、お忍びのためにラスィーヤの衣装を選んだシオンを促す。

「……うん」

その後もシオンの体調はあまりよくならず、宮廷のお抱え医師でも原因はわからなかった。心配したキリルが探してきた町医者の診療を受けることになり、地味な馬車を仕立てさせて宮廷からこっそりと外へ出た。

「ごめんね、ザハール。忙しいのに」

「何の。シオン様の外出には、我々のどちらかが必ずついていくのが決まりです」

レイスは国外に追放されているものの、皇帝に敵がいないわけではない。万一に備え、どこに行くにも最低限の護衛は必須だった。

「うん……」

言いながらもシオンは気分の悪さに口許《くちもと》を押さえ、じっと外の光景を眺める。

何か変な病気だったらどうしよう……。

「このあたりは下町なので、なかなか珍しい光景ではありませんか？」

シオンの気持ちを紛らわせるように、ザハールは町の光景を説明してくれる。

「そうだね」

昼下がりの街角では、子供たちが遊んでいる。その様子を馬車の中から何気なく観察していたシオンは、はっとした。

「もういい？」

「まだ読み終わってない」

「早くしてよ！」

二人の子供たちが、一冊の本を分け合うようにして木陰で読んでいる姿が目についたのだ。

ラスィーヤでは教育に力を入れているので子供の識字率は高いそうだが、書物の普及は遅れているのかもしれなかった。

「着きましたよ」

「うん」

ザハールの手を借りたシオンは、町の一角にある小体《こてい》な屋敷の中に足を踏み入れる。

そこは診療所になっており、髭面《ひげづら》の医師がシオンを出迎えた。

「ほう、銀髪とは珍しい……しかも、失礼ながらオメガでしたか」

「そうです」

「オメガを見られる医師は宮中にはいないのでしたな。それは難儀だったことでしょう」

老医師はそう言いながら、小さく笑う。

シオンを診察用の椅子に座らせると、ザハールが「それでは、外でお待ちします」と退室する。

「あの、何か悪い病気なのでしょうか」

不安げにシオンが訪ねると、老医師は首を横に振った。

「それはこれから診なくてはわかりません」

「あ……そうですよね」

「ですが、そのお顔の色。理由はだいたい見当がつきますぞ」

「え？」

何となく庇《かば》うように自分の腹に手をやったシオンを見やり、医師は大きく頷いた。

◇

◇

◇

「予に面会とは随分改まったな。用件とは何だ」

急にシオンが面会を申し出たものだから、キリルは面食らっているようだった。シオンが執務室を訪れることは、もしかしたら初めてなのかもしれない。

「政《まつりごと》の話ですから」

「政？」

途端にキリルの反応が変わった。

「陳情は書面でというのが決まりだが」

「子供たちのために図書館を作りたいので、予算をいただきたいのです」

シオンがきりっとした面持ちでそう告げると、キリルはおかしそうにペンを握る手を止めた。

「予算となー」

「はい。町で子供たちが一冊の本を分け合って読んでいるところを目にしました。ザハールに調べてもらったところ、王都の図書館は学生のもの。子供も入れません。実際、学校にあるのは教科書だけで、書物は備えていないそうです。ならば、これまでに陛下にいただいた本をそこに寄付し、子供たちのための図書館を作りたいのです」

急遽《きゅうきょ》調べてくれたにしては、ザハールのもたらした情報は多かった。

「なるほど、そなたが読めるように子供向けの本も多く選んでいたからな」

「はい」

シオンは頷き、どきどきしながらキリルの反応を待った。

「よかろう。では、予算の件は早急に決めさせる。場所もこちらで候補を出してよいのか？」

さすがにキリルの判断は速く、おかげでシオンとしては次の話題に移る心の準備ができていなかった。

「はい。それから……」

言いづらい。

「ん？」

「ええと……あの……」

シオンは上手く口にできなかったものの、キリルに近寄ると、その右手を取って自分の腹に導く。

「どういう意味だ？」

「その……ええと……」

どう言おうかと迷っていると、キリルはすぐに察したようだ。

「――もしかしたら、できたのか？」

「……はい」

頬を染めてシオンが告げると、キリルはぱっと表情を輝かせた。

「それは素晴らしい！」

「はい……嬉《うれ》しいです」

シオンは照れくさくなって俯《うつむ》いた。

「よくやった。ありがとう、シオン」

「オメガは臨月までが短いので、これからどんどんお腹が大きくなるそうです。だから、その……ええと……」

これもまた言いづらい。

子供ができたというよりも、行為を控えたほうがいいというのは、ずっと口にするのが難しかった。

そうでなくとも、欲しがってしまっているのはいつもシオンのほうなのだ。

「控えろというのだな」

「はい」

「そなたの躰を労《いたわ》るためだ。どうということはない」

「でも、私が……我慢できないかもしれないので……」

それが何よりも困ると、シオンは頬を染める。

「そのときは私が搾ってやろう。赤子が生まれるのに合わせて、乳も出るようにしなくてはならぬ。

そなたを舐《な》めるように可愛《かわい》がらなくては」

「はい、陛下」

体中から甘い蜜が零《こぼ》れるようになるまで、たっぷり可愛がってほしい。

そう考えると、今からでも躰が熱くなるようだ。

表情を輝かせたキリルがシオンを抱き寄せ、そして、肩先に軽く歯を立てる。

「そなたは本当に、素晴らしいつがいだ」

それからキリルは膝を突いて、恭しくシオンの右手を取った。

「陛下!?」

「結婚し、正式に我が后《きさき》となってほしい、シオン。生涯、私のそばにいてくれ」

思いがけない求婚の言葉に、シオンの胸はふわりと熱くなる。

「はい……。ずっと、そばにいてください。愛しています、キリル」

シオンは頷くと、身を屈めて自分からキリルの唇にくちづけた。

あとがき

このたびは『狼の末裔　囚われの花嫁』をお手にとってくださってありがとうございます。リンクスロマンスさんでは初めてのオメガバースものになりました。

期せずしてごりごりのファンタジーになってしまったのですが、楽しんでいただけたでしょうか？　以前書きかけたもののまとめるのが難しくてお蔵入りになっていた作品なのですが、担当さんといろいろ軌道修正しながら作り上げました。どういう風にすれば上手く伝わるか悩みつつ書いたので、少しでも世界観を味わっていただけますととても嬉しいです。

そして、今回はオメガバースなのにNTR要素があるという冒険的な内容です。大丈夫でしたでしょうか……。

書いてみての反省点は、三文字の名前が多すぎて自分でも混乱したことでした(笑)。

最後にお世話になった皆様にお礼の言葉を。

ご多忙の中、素敵なイラストを描いてくださった金《かね》ひかる様。貴重な機会だというのに、作品をまとめるのに時間がかかってしまい、大変ご迷惑をおかけしてしまって申し訳あり

あとがき

ませんでした。キリルのキャララフを拝見したときはあまりの格好良さに担当さんと震えました。どうもありがとうございました！

担当のO様。ご一緒できる最後のお仕事だというのに、私がいつもどおりのバタバタで大変ご迷惑をおかけしました……。今回もたくさんアドバイスをいただけてとても楽しかったです。長いあいだ本当にありがとうございました＆お世話になりました！

最後、この本をお手にとってくださった読者の皆様。こうして書籍を出していただけたのも皆様の応援があってのことです。心より御礼申し上げます。今後とも、どうかよろしくお願いいたします。

それでは、またどこかでお目にかかれますように。

和泉《いずみ》　桂《かつら》

この本を読んでの
ご意見・ご感想を
お寄せ下さい。

〒151-0051
東京都渋谷区千駄ヶ谷4-9-7
(株)幻冬舎コミックス　リンクス編集部
「和泉《いずみ》 桂《かつら》先生」係／「金《かね》ひかる先生」係

リンクス ロマンス

狼の末裔　囚われの花嫁

2019年1月31日　第1刷発行

著者……………和泉《いずみ》 桂《かつら》
発行人…………石原正康
発行元…………株式会社　幻冬舎コミックス
〒151-0051　東京都渋谷区千駄ヶ谷4-9-7
TEL 03-5411-6431（編集）
発売元…………株式会社　幻冬舎
〒151-0051　東京都渋谷区千駄ヶ谷4-9-7
TEL 03-5411-6222（営業）
振替00120-8-767643
印刷・製本所…株式会社　光邦
検印廃止

ISBN978-4-344-84379-0 C0293
Printed in Japan

幻冬舎コミックスホームページ　http://www.gentosha-comics.net